KB078532

밀우 판타지 장편 소설

FANTASY FRONTIER SPIRIT

5

천년
용사

도서출판 청어람

# 천년용사 5

밀 우 판타지 장편 소설

초판 1쇄 찍은 날 § 2014년 2월 14일
초판 1쇄 펴낸 날 § 2014년 2월 21일

지은이 § 밀 우
펴낸이 § 서경석

편집부장 § 권태완
편집책임 § 정수경

펴낸곳 § 도서출판 청어람
등록번호 § 제1081-1-89호
등록일자 § 1999. 5. 31
어람번호 § 제1-1787호

주소 § 경기도 부천시 원미구 심곡2동 163-2 서경B/D 3F (우) 420-822
전화 § 032-656-4452 팩스 § 032-656-4453
http://www.chungeoram.com
E-mail § chungeorambook@daum.net

ⓒ 밀 우, 2013

ISBN 978-89-251-3735-3 04810
ISBN 978-89-251-3556-4 (세트)

천년
용사

밀우 판타지 장편 소설

FANTASY FRONTIER SPIRIT

5

도서출판 청어람

천
년
용
사

## CONTENTS

**1장**

마
왕
군
침
공
!

마왕군에서도 암살에 특화된 그림자 전사단의 암살자들은 대부분 뱀파이어와 다크 스피리트로 구성되어 있었다. 이들은 사전에 얻어낸 정보에 따라 중요 인물에 대한 암살, 그리고 시설 파괴를 목적으로 흩어졌다.

　시온은 이 사실은 전혀 모른 채 조용하기만 했다.

　이런 와중에 이델은 평소보다 늦게 낮에 들렀던 검문소 근처에 당도하게 되었다.

　"뭐지?"

　처음 이상함을 느낀 건 검문소에 거의 근접했을 때였다.

평소 통행이 금지된 이 시간이라면 검문소에 오기 전에 병사들이 제지를 해왔을 것이었다. 그런데 지금은 밖으로 나오는 사람조차 없었다.

의아함을 느끼며 다가가는데 코끝을 자극하는 향기가 있었다.

"이것은……!"

이델은 황급히 검문소로 뛰어 들어갔다. 그리고 순간 숨을 멈추고 말았다.

무참히 살해된 수비대원들은 여기저기 흩어져 있었고 아까 맡았던 냄새, 피의 향기가 더욱 코를 자극하였다. 잠시 동안 넋을 잃었던 이델은 곧바로 상황의 심각함을 인지했다.

'몬스터의 짓? 아냐, 이건 다르다.'

만약 숲을 배회하는 마수의 짓이었다면 이렇게 건물을 멀쩡히 남겨놨을 리가 없다. 게다가 깔끔한 상처는 고도의 훈련을 받은 자의 소행이 틀림없었다.

뭔가 이상함을 감지한 이델은 서둘러 도시로 향했다.

세계수의 힘에 의해 이끌린 빛의 정령 월 오 워스프들이 주변에 떠 있어 어둡지 않은 길을 따라 달리는데 뭔가가 이상했다.

'인적이 이렇게 없다니. 보통 같으면 순찰을 도는 병사들

이 분명 있을 텐데.'

도무지 이 상황이 이해가 안 가던 중에 이델은 멀리서 빠르게 움직이는 그림자들을 발견하였다.

이델의 눈매가 순간 가늘어졌다.

'저 움직임, 암살자의 것이다.'

상대의 움직임을 본 이델은 그들의 정체를 금방 알아차렸다. 이곳에서 암살자라니 생각만 해도 이상한 일이었다. 게다가 지금 저들의 거동이 매우 수상쩍었다.

아무래도 따라가 봐야겠다. 그리 생각하며 기척을 죽이고 은밀히 뒤를 밟아갔다.

검은 옷을 입은 그들은 인간 거주지를 가로질렀다. 그것을 조용히 뒤따라가던 이델은 속으로 흠칫했다.

'저들이 가는 곳은 이올라가 있는 곳인가.'

그 사실을 안 이델은 수수께끼의 자들에게 더욱 접근을 시도했다. 물론 들키지 않게 오러를 운용해 은밀히 움직였다.

"여기인가."

"그래. 이곳에 이노센트 라이트의 오러 유저가 지낸다고 한다."

"상대는 오러 유저인 만큼 신중해야 한다."

"알고 있다. 39호, 그것을 꺼내라."

"알겠다."

39호라 불린 암살자는 품 안에서 무언가를 꺼냈다. 그것은 특별히 제조된 비약이 담긴 유리병이었다. 이 안의 내용물이 공기와 만나면 무색무취의 향기를 대량으로 만들어내는데, 그 향기는 모든 생명체를 즉사시킬 수 있는 위력을 가지고 있는 위험한 것이었다.

오러 유저라면 오러를 통해 호흡을 절제할 수 있어 이런 것에 당하지 않을 수 있겠지만 오러 유저라 할지라도 24시간 항시 오러를 운용할 수 없는 일인지라 잠든 중이라면 꼼짝없이 당할 수밖에 없었다.

"풍향도 적당하니 지금 터트리자."

"아니, 그렇게는 안 되지."

뒤에서 들려온 목소리에 암살자들은 흠칫 놀라며 돌아보았다.

마침 하늘이 드러난 있는 곳에 서 있던 이델은 태양처럼 밝은 달빛을 받으며 암살자들을 내려다보았다.

이델은 자신을 보는 암살자들을 향해 물었다.

"너흰 누구냐."

"……."

암살자들은 말이 없었다. 자기끼리 눈빛을 교환한 그들은 스산한 살기를 뿜으며 좌우로 흩어져 갔다.

그 모습을 보면서도 이델은 가만히 서 있었다.

먼저 이델의 앞쪽에 선 암살자가 눈에 띄는 동작을 보였다. 품에 손을 넣는 동작이었는데 암기나 다른 위험한 뭔가를 꺼내려는 제스처처럼 보였다. 허나, 이델은 그것에 눈길을 주지 않았다.

'저건 시선을 빼앗기 위한 동작일 뿐, 실제로 나를 치려는 자는 따로 있다.'

암살자들의 의도를 간파한 이델은 미세한 기척을 느끼고 몸을 움직였다.

예상대로 후방 쪽에서 암살자 둘이 벌써 가까이까지 접근하고 있었다. 이델은 성검을 빼어 들면서 동시에 그 둘 사이를 파고들었다.

"커헉!"

"으윽."

이델이 스쳐 지나간 직후, 핏줄기가 솟구치고 두 명의 암살자는 달리던 속도를 줄이지 못한 채 땅에 굴렀다.

쾌속한 발검에 두 명의 동료가 당하자 남은 세 명의 암살자는 경계를 더 강화하며 주변을 다시금 포위했다. 그러나 이델은 이들에게 주의를 집중하지 않았다. 방금 성 쪽에서 친숙한 기척이 생긴 것을 느낀 것이었다.

'깨어난 모양이네.'

이델이 느낀 건 저택 쪽에서 느껴지는 이올라의 오러 기척이었다.

암살자들이 잠깐 살기를 흘린 것 때문에 잠에서 깬 모양이었다. 하지만 그녀가 올 때까지는 시간이 좀 걸릴 것이었다. 결국 암살자들이 처리하는 일은 온전히 이델의 몫이 되었다.

쐐액!

암살자들이 던진 암기들이 바람을 가르며 이델을 노리고 날아들었다.

"이깟 암기 따위야."

바람의 가르는 소리만으로 삼면에서 날아드는 암기의 수를 유추해 볼 수 있었다. 그렇게 숫자와 방향을 파악한 이델은 빠르게 성검을 휘둘러 주변으로 날아온 암기들을 모두 쳐냈다.

그 모습에 암살자들은 당혹감을 감추지 못했다.

"그것을 모두 쳐내다니."

"큭! 그렇다면."

한 명이 검은 공 같은 것을 이델이 있는 쪽으로 던졌다.

공이 터지자 녹색의 연기가 피어올랐다. 그 연기의 정체는 바로 독무였다. 보통 사람이라면 한 호흡만 마셔도 중독되어 생사를 넘나들 것이었다. 하지만 이델이 어디 보통 사람이었던가.

'쯧쯧.'

이델은 독무 속에 태연히 서서는 마음속으로 혀를 찼다. 그러더니 갑자기 강하게 검을 두 번 휘둘렀다.

휘둘러진 검에 의해 생긴 풍압이 독무를 베자 독기가 암살자들이 있는 곳으로 퍼졌다.

"헉!"

암살자들은 급히 얼굴에 쓴 복면을 바짝 눌러 독기를 마시지 않으려 노력했다. 이 과정에서 큰 빈 틈을 보였고 이델은 그것을 놓치지 않았다.

단번에 암살자들에게 접근한 이델은 셋 모두에게 거동이 힘들 정도의 상처를 입혔다.

사실 죽일 수도 있었지만 물어야 할 게 있어 그러지 않은 것이었다.

이때, 성 쪽에서 녹색의 빛이 가까이 오는 게 보였다.

이델은 막 자신의 지근거리에서 속도를 줄이는 이올라를 향해 어색하게 손짓으로 인사를 했다.

"아, 왔어?"

"당신이… 어째서 여기에 있는 거죠? 그리고 그자들은 대체 누구죠."

"뭐, 우연히 그렇게 됐어. 그보다 나도 이자들의 정체가 궁금한데."

이델은 그리 말하고 쓰러져 있는 자의 복면을 벗겼다. 그리고 놀랐다.

달빛에 비친 상대의 얼굴은 창백했고 벌려진 입으론 날카로운 이빨이 드러났다. 그것은 이자가 뱀파이어족임을 확신시키는 증거였다.

"마족이 어떻게?"

"설마……."

이델은 다른 자들의 복면을 벗겨보았다. 역시나 다른 자들도 마족들이었다.

그 사실에 이올라는 충격을 크게 받은 듯했다.

"이럴 수가. 마족이 어떻게 이곳까지 들어온 거지."

"그건 내가 묻고 싶은 말이야. 세계수의 수호로 마족이 안으로 들어오지 못하는 거 아니었어?"

이델의 질문에 이올라는 충격을 받은 상황임에도 불구하고 대답을 해주었다.

"결계에 들어오면 마족들은 그 영향을 받게 돼요. 그 효과가 상당하기 때문에 함부로 들어올 수가 없어요."

"이놈들은 그럼 어떻게 들어왔다는 거야?"

"아마도 결계로부터 몸을 지킬 수 있는 수단을 썼을 거예요. 하지만 수비대의 경비와 각종 마법 결계 때문에 결코 쉽게 안으로 들어올 수가 없는데 어떻게 들어왔는지 모르겠어요."

"하, 이거 황당하군."

사상 초유의 상황이기에 이올라도 혼란해하고 있었다.

이델은 쓰러진 암살자 중 하나의 멱살을 붙잡았다. 그리고는 마족어로 질문을 했다.

"너, 여기에 어떻게 들어왔지?"

"크, 크큭."

암살자는 이델의 말에 웃기만 할 뿐 아무 말도 하지 않았다.

그 모습에 이델은 미간을 찡그리며 뭐라 다그치려 했다. 그런데 이때, 암살자의 몸이 갑자기 부르르 떨리더니 축 늘어졌다.

"이런!"

암살자는 스스로 혀를 깨물고 자결을 한 것이었다. 그뿐만이 아니었다. 다른 살아 있던 암살자 둘도 이미 스스로 목숨을 끊은 뒤였다.

"칫! 내가 너무 경솔하게 대처했군."

이럴 줄 알았다면 미리 패럴라이즈 주문이라도 걸어둬 자결을 못하게 했을 텐데. 후회를 해본들 이미 늦은 뒤였다.

이델은 마족 암살자가 비단 이곳에만 왔으리라 생각하지 않았다.

"아무래도 도시 곳곳이 습격을 받고 있을 거야. 어서 이 사실을 알려서 대응을 해야 돼."

"저도 동감이에요."

"먼저… 군터 총대장님께 가는 게 좋겠어. 어떻게 알았는지는 모르지만 오러 유저들이 있는 곳을 정확히 알고 암살을 시도한 것을 보면 그분에게도 암살자가 갔을 게 분명해."

이델의 말에 이올라는 심각한 표정을 지으며 고개를 위아래로 끄덕였다.

*　　*　　*

이델과 이올라는 오러를 전개하여 전속력으로 군터의 집을 향해 달렸다.

얼마나 갔을까. 멀지 않은 곳에서 화재로 인한 화광(火光)이 보였다. 그 모습에 더욱 속도를 내 달려가니 불타는 집을 배경으로 암살자들과 전투를 벌이는 군터를 발견할 수가 있었다.

그런데 군터와 격돌하는 자는 낯선 자가 아니었다.

'헉! 여기서 저 얼굴을 다시 볼 줄이야.'

마족들의 수도 다르나로스에서 마주쳐 검을 섞은 적이 있는 인간 소년이 암회색의 오러를 뿜어내며 집요하게 군터의 목숨을 노리고 있는 모습에 이델은 놀라움과 당황을 감추지 못했다.

　게다가 스물이 넘는 암살자까지 그를 도우니 군터는 고전을 면치 못하고 있었다.

　그 모습을 본 이델은 곧 정신을 차리고 군터를 돕기 위해 행동에 나섰다.

　"샤이닝 레인!"

　이델은 달려가면서 성검의 기능을 빌려 마법을 완성시켰다. 빛의 광탄들이 느닷없이 쇄도하자 진형을 짜고 있던 암살자들이 놀라 분분히 흩어졌다.

　그 틈을 노리고 들어간 이델과 이올라는 검광을 번뜩이며 한 축을 담당하고 있던 암살자들을 벤 뒤, 군터의 근처에서 걸음을 멈췄다.

　"자네들."

　"무사하셔서 다행입니다, 군터 님."

　"자네들도 습격을 받은 건가."

　"전 아니지만 이올라가 습격받았습니다. 아무래도 주요 인물에 대한 암살이 진행 중인 모양인데 어서 긴급 상황을 전파하지 않으면 피해가 더 커질 겁니다."

　이델의 말에 군터는 고개를 끄덕였다.

　"암살자들의 공격은 단지 사전 공격에 불과하네. 분명 대대적인 공격을 위해 대규모의 군단이 침공을 시작해 오고 있을 것이야. 그러니 먼저 전 병력을 집결시켜 전투 태세를 갖추는 게 우선이네."

"그렇겠군요. 그럼 여긴 제게 맡기시고 가십시오."

"자네에게 말인가."

"지금은 이노센트 라이트와 수비대의 전투 편성이 우선이 아닙니까. 이런 곳에서 우리 모두가 시간을 낭비할 수는 없으니 제게 뒤를 맡기십시오."

이델의 말에 군터는 고개를 끄덕였다.

"위험한 일을 맡겨 미안하네. 무리하지 말고 여차하면 후퇴하게."

"그럴 수 있으면 그러겠습니다."

말은 그렇게 했지만 이델은 저들을 상대로 도망칠 마음이 없었다. 이런 사실을 모르는 군터는 잠시 마족의 검으로 이자리에 온 인간 소년을 보며 조심스레 말을 했다.

"어렵다는 것은 알지만 될 수 있으면 저 아이의 목숨을 거두지 말아주게. 내가 볼 때 저 아이는 암시로 인한 세뇌를 받아 검을 겨누고 있을 뿐, 우리의 적이라고 보기 어렵네."

"그거라면 알고 있습니다. 저도 예전에 저 아이와 검을 섞은 적이 있거든요."

"그러한가."

"뭐, 저도 같은 동족을 죽이고 싶은 마음은 없습니다. 하지만 이런 상황인 만큼 장담은 하기 어렵습니다."

"알고 있네. 여의치 않다면 내 말은 잊고 상황에 맞게 대처하게. 그리고 이곳이 정리되면 본부로 오게."

"알겠습니다."

군터는 이델과의 대화를 마치고 이올라를 보았다.

"자넨 우리 쪽 인원들을 확보하게. 난 도시 경보를 울리고 수비대와 접촉을 해보겠네."

"알겠습니다."

서로 역할을 맡고 군터와 이올라는 현장을 벗어나기 위해 바로 움직였다.

그 모습에 암살자들은 떠나려는 두 사람을 공격하려 했다.

"어림없지!"

암살자들을 향해 이델은 마법을 쏘았다. 살상력은 없었지만 저지력은 충분히 되었기에 두 사람의 이탈을 충분히 도울 수 있었다.

암살자들은 두 사람을 추격하는 것을 포기하고 이델에게 집중하였다.

"훗, 그래야지."

이제 혼자가 된 이델은 암회색 오러를 피워내는 소년을 보았다.

묵묵히 소검을 들고 주시하는 모습이 마치 맹수가 사냥감을 보는 모습 같았다. 그것을 보며 이델은 속으로 생각했다.

'말로는 해결이 안 되는 상대라는 건 저번에 알았지. 역시 힘으로 제압하는 것밖에 달리 방법이 없겠어.'

그전에 먼저 주변의 암살자들을 정리할 필요가 있었다.

이델은 좌우로 눈동자를 한 번 굴리더니 창공검을 전개했다. 그런 다음 홀연히 사라지듯 움직였다.

"어디냐!"

"6호! 놈을 죽여라!"

한 명의 외침에 가만히 있기만 했던 소년은 엄청난 속도로 움직였다.

푸확!

하늘빛 궤적이 그려지면서 암살자 두 명의 머리가 허공을 날았다.

이델이 검을 휘두른 직후, 소년은 지척에 다가와 오러가 담긴 일격을 빠르게 찔러 넣었다.

"월 오브 에어!"

하지만 간발의 차이로 이델이 미리 준비한 마법이 펼쳐졌다. 아무것도 없는 허공에서 소년의 검은 막혔다. 이때, 오러와 마력으로 만들어진 공기의 장벽이 서로 폭발하면서 격한 충격파를 만들어냈다.

둘의 신형은 서로 반대편으로 튕겨져 나갔다.

'기회다.'

순간 몸을 바로 잡은 이델은 근처의 암살자를 노렸다.

표적이 된 암살자는 살기 위해 마주 검을 휘둘렀다. 그러나 정체가 드러난 암살자가 전사, 그것도 경지에 오른 오러 유저를 상대로 이길 리가 없었다.

단칼에 상대를 해치운 이델은 분분히 흩어지는 암살자들을 향해 오러의 참격을 연달아 날렸다.

"아악!"

외마디 비명과 함께 암살자들이 피를 뿌리며 쓰러져 갔다.

눈 깜짝할 사이에 반수가 넘는 암살자들을 처리한 이델은 움직이면서 뒤쪽을 의식했다.

바로 뒤엔 소년이 접근해 오고 있었다. 당장이라도 등 뒤에 칼을 꽂을 것 같았지만 생각보다 쉽게 기회를 잡지 못하는지 연신 뒤만 쫓을 따름이었다.

쫓고 쫓기는 술래잡기를 하면서 이델은 암살자들을 추살하였다. 이러한 집요함에 암살자들은 대응하기보다 도망치기 급급했다.

이렇게 자신에게 유리한 상황을 만든 이델은 뒤를 쫓는 6호를 힐끔 뒷눈질로 보았다.

'계속 착실하게 따라오는군. 이제 슬슬 저 아이를 상대해 볼까.'

이델은 역습을 하기 위해 변칙적인 움직임을 낼 수 있는 에어 워크를 펼쳤다.

탓! 탓!

허공을 밟는 보법으로 돌연 소년의 머리 위를 뛰어넘은 이델은 거기서 과감하게 공격을 시도했다. 그러나 공격은 헛되이 허공을 갈랐다.

'보지도 않고 피하다니.'

뒤를 돌아보는 대신 납작 몸을 숙이는 것으로 공격을 피해낸 소년은 그 직후 몸을 돌리며 여러 갈래의 공격을 펼쳤다. 언뜻 전부 진짜 공격처럼 보였지만 실제 공격은 하나인 환검의 기술이었다.

쇄도해 오는 공격을 본 이델은 냉정히 공격의 허와 실을 파악하고 진짜 공격을 차단했다.

공격이 실패하자 소년은 몸을 튕겨 거리를 벌렸다.

"타하앗!"

그런 소년을 쫓아 이델은 무지막지한 공격을 쏟아내기 시작했다.

땅에만 머물지 않고 공중을 자유롭게 날며 쏟아내는 공격은 소년을 압박해 나갔다.

하지만 소년도 가만히 앉아서 당하지만은 않았다.

"음?"

갑자기 암회색의 오러가 소년의 전신을 두껍게 덮으며 그 모습을 보이지 않게 하였다. 이에 이델은 순간 공격을 멈추고 뒤로 물러났다.

마치 안개처럼 소년의 몸을 완전히 감싼 오러는 하나의 덩어리처럼 보였다.

'오러 기술인가.'

이래선 선불리 접근하기가 어렵다. 하지만 오러의 덩어리이기 때문에 마법으로도 어떻게 해볼 방도가 없다는 게 문제였다.

손 쓸 방도가 없어 이델이 머뭇거리는데 순간 암회색의 안개가 마치 촉수처럼 덮쳐왔다.

"큭!"

이델은 재빨리 성검을 휘둘러 다가오는 암회색의 기류를 베었다. 그러나 잠시 흩어질 뿐, 다시 모여 이델을 향해 다가왔다.

하지만 이것은 이델에게 직접 다가오지 않았다. 대신 그 주변을 감싸듯 포위했다.

"이건……!"

주변이 암회색의 풍경이 되는 것을 본 이델은 그제야 상대의 의도를 눈치챌 수 있었다. 하지만 이미 빠져나가기에는 늦은 상태였다.

*　　　*　　　*

같은 시간.

군터와 이올라는 마왕군의 습격이라는 상황에 대처하기 위해 각각 움직이고 있었다.

군터는 제일 처음 도시의 경계 체계를 담당하는 마법 타워를 찾아갔다. 하지만 그를 맞이한 싸늘한 시체가 된 마법사들이었다.

"역시 당했나."

예상 외로 군터는 놀라지 않았다. 이미 암살자들의 존재를 통해 이곳이 당했을 것을 짐작했던 것이다.

"내부의 적인가."

밖에서 침입해 오는 적을 마법으로 감시하는 이곳이 당했다는 것은 사전에 마왕군과 내통한 이들이 있다는 것을 증명했다.

그 적이 누군지 시급히 밝혀야 하겠지만 그전에 할 일이 있었다.

"다행히 코드는 잠겨 있지 않군."

마법 시스템이 작동을 중지한 상태지만 도시 방위의 주요 관계자인 군터는 그 시스템을 작동시킬 비밀 코드를 알고 있었다.

다행히 방어 시스템 자체가 파괴되지 않았기에 코드를 입력하기만 하면 되었다.

우웅.

룬 문자로 된 코드를 작성하자 마법진이 다시금 세계수의 마력을 받아 작동을 개시했다.

"됐군. 그럼 그다음은……."

"거기서 멈추시죠, 군터 경."

뒤에서 경고의 목소리가 들려와 군터는 순간 하던 행동을 멈췄다.

좀 전까지 오러 유저의 감각으로도 찾지 못한 기척이 방금 막 나타났고, 목에 날카로운 검이 드리워졌기 때문에 행동을 멈춘 것이었다.

"무슨 짓인가."

"결례를 범해 죄송합니다. 하지만 이곳을 지키는 게 저의 책무이니 이해를 바랍니다."

군터의 목에 검을 겨눈 건 바로 녹색 머리의 엘프족이었다. 그리고 뒤로 네 명의 엘프가 더 포진해 있었다. 이들은 오러 유저인 군터가 조금이라도 허튼 짓을 할까 봐 잔뜩 긴장해 있었다.

여기서 섣불리 오러를 운용하거나 몸을 움직이면 한 치의 망설임도 없이 자신을 벨 것임을 알았기에 군터는 몸에서 일단 힘을 뺐다.

그 모습을 보고는 한 명이 말을 걸어왔다.

"어떻게 이곳까지 올 수 있었는지는 모르겠지만 여기서 그 어떤 것도 할 수 없습니다."

군터는 상대의 목소리를 통해 자신에게 검을 겨눈 이의 정체를 바로 알아냈다.

"기억에 있는 목소리군. 자네 이름이 분명 이스티엘이었던 것으로 기억하는데, 내 말을 틀린가?"

"절 기억해 주시니 영광이군요."

33 수비대의 대장을 맡고 있는 이스티엘이 자신에게 검을 겨누고 있다는 사실에 군터는 무거운 침묵을 흘렸다.

그 모습에 엘프들은 흔들리는 눈빛을 감추지 못했다.

비록 일족을 위해 스스로 배반자의 길을 선택했지만 자신들이 존경하였던 인물에게까지 검을 겨누게 된 사실에 대해 수치심을 느끼고 있는 것이었다.

약간의 시간이 흐르고 군터는 침묵을 깼다.

"자네 정도의 무인이 스스로의 영달을 위해 모두를 배신했다고 생각지는 않는다."

"……."

군터의 말에 이스티엘은 아무 말도 하지 않았다. 다만 표정이 살짝 일그러지는 것을 볼 수는 있었다.

뒤에 선 이스티엘의 얼굴이 어떻게 변하는지 알지 못한 채 군터가 계속 말을 이어했다.

"지금이라도 늦지 않았네. 마왕군이 휩쓸고 지나간다면 이곳에 사는 모두가 살아남을 수 없을 거야."

"그렇지 않습니다."

이스티엘은 살짝 떨리는 목소리로 말하였다. 그 목소리를 통해 상대인 이스티엘의 감정을 읽은 군터는 차분히 다시 말하였다.

"그들이 자네와 그 주변 사람들을 건들지 않겠다고 약속이라도 했나."

"……."

"처음 수비대에 들어가면서 사람들을 지키고자 맹세했을 때, 자네가 지키겠다고 다짐했던 사람들이 내가 방금 말한 사람들뿐이었나."

군터의 말에 이스티엘의 손이 떨리기 시작했다. 뿐만 아니라 그 뒤에 있던 엘프들도 더욱 동요하였다.

군터는 계속 말했다.

"지금이라도 늦지 않았네. 아직 이곳을 지킬 수 있는 기회는 있어."

"아니요, 이제 끝났습니다. 이미 숲 밖에는 마왕군 정예들이 와 있고 이곳으로 오는 중입니다. 우리가 아니더라도 어차피 이곳은 끝났습니다."

"자넨 그렇게 생각하나."

"예, 그렇습니다. 그래서 엘크란 님의 뜻에 따르기로 한 것입니다. 그러면 적어도 세계수, 그리고 원래 이 땅의 주인인 우리 일족은 구할 수 있을 거라 믿었기 때문이죠."

"엘크란이 그런 것을 이야기하던가."

군터의 말에 이스티엘은 순간 입을 다물었다. 감정이 격앙되어 그만 자신이 말을 실수한 것을 깨달은 것이다.

군터는 지그시 감았던 눈을 다시금 떴다.

"알고 싶었던 말을 알려줘서 고맙다."

짧게 말을 내뱉은 군터는 어느 틈엔가 검의 손잡이로 가 있던 자신의 손을 빠르게 움직여 뒤에 선 이스티엘을 베었다.

오러 유저를 상대로 아주 잠깐 긴장을 푼 것이 이스티엘의 가장 큰 실수였던 것이다.

"이스티엘 님!"

뒤에 서 있던 엘프들이 놀라 움직였지만 그보다 군터의 검이 더 빨랐다. 엘프들이 모두 쓰러지자 군터는 다시금 검을 집어넣었다. 자신이 죽인 자들에겐 시선조차 주지 않고 그는 아까 하지 못했던 작업을 속행했다.

왜앵왜앵!

근 100년 넘게 울린 적이 없는 비상 알림이 시온 곳곳에 울려 퍼진다.

"무슨 일이지?"

"특급 경보다! 어서 무장하고 다들 집결해."

막사에서 잠을 자고 있던 병사들은 허겁지겁 무장을 챙겨 밖으로 뛰쳐나왔다.

한편, 일반 주민들은 공포에 질린 모습을 보이면서도 마치 짠 것처럼 일사분란하게 모처의 장소로 이동하는 모습을 보였다.

수시로 펼쳐졌던 대피 훈련 덕분이었다.

"어떻게 된 일이지."

세계수가 있는 시온의 중심부에 와 있던 엘크란은 마법 경보음이 울려 퍼지자 걸음을 멈추고 뒤를 돌아보았다.

"통제실을 지키던 이스티엘에게 무슨 일이 생긴 건가."

"아무래도 그런 것 같습니다."

뒤를 따르던 엘프가 불안한 기색을 감추지 못하고 말하였다.

엘크란은 속으로 제대로 일을 처리하지 못한 마족들을 향해 욕설을 토해내면서도 겉으론 내색하지 않으며 차분히 말했다.

"이제와 상황을 안들 저들이 할 수 있는 것은 아무것도 없다. 우리는 예정대로 움직이면 된다."

"알, 알겠습니다."

엘크란은 동요하는 수하들을 이끌고 세계수가 우뚝 선 성지로 진입했다.

그곳엔 먼저 온 자가 있었다. 녹색 로브를 입은 학자 같은 분위기를 풍기는 중년의 엘프였다.

"어서 오거라."

"늦어서 죄송합니다, 라피엘 님."

엘크란이 고개를 숙이며 대답한다. 이번 일의 주동자인 그가 이렇게 고개를 숙인 건 라피엘이라 불린 이 남자가 에울로타 일족의 현 수장이자 동시에 시온의 일곱 명뿐인 대마법사 중 한 명이었기 때문이었다.

라피엘은 차분한 목소리로 말했다.

"일족의 대피는 끝났는가."

"그렇습니다."

엘크란은 수 시간 전에 은밀히 일족들을 세계수가 있는 곳으로 옮겼다. 물론 이들 다수는 아무 사정도 모른 채 옮겨졌을 따름이었다.

세계수가 있는 곳으로 일족만 피신시킨 것은 다 그만한 이유가 있어서였다.

"그럼 이제 내 차례군."

라피엘은 그리 말하고는 앞쪽을 보았다. 그곳엔 세계수의 나무옹이가 있었다. 안의 공간은 상당히 넓었다. 그리고 중앙에는 나무 지팡이가 꼿꼿이 서 있었다.

이것이 바로 현재의 세계수를 지탱하는 신물, 신목의 지팡이였다.

나무옹이 안으로 들어간 라피엘은 지팡이의 위에 손을 얹었다. 그리곤 나지막하게 읊조리기 시작했다.

"아 피도, 술 라카나······."

라피엘이 하는 말은 고대 엘프족의 고유 언어였다. 이 말에 반응하기 시작한 신목의 지팡이가 은은한 녹색 빛을 뿜어내기 시작하자 세계수의 가지에 매달려 있는 무수한 잎사귀들이 파르르 떨기 시작했다.

그러자 시온 전체를 감싸고 있던 세계수의 결계가 점점 축소되기 시작했다. 이윽고 그 범위는 세계수 주변으로 한정되어 버렸다.

"이제 끝난 것입니까?"

"그렇다. 이렇게 한다면 마왕이 직접 나서지 않는 한 수호의 결계를 뚫지 못할 것이다."

"그렇다면 안심입니다."

"그렇다고 해도 안심할 수는 없지. 마족들이 약속을 지킨다는 말, 난 아직도 믿을 수 없다."

라피엘의 말에 엘크란은 고개를 가로저었다.

"저 역시 그들의 말을 믿지 않습니다. 해서 그들이 우리와의 약속을 깰 경우에 대비해 나름 준비한 대책이 있습니다. 그러니 안심하십시오."

엘크란은 마족과의 거래를 마냥 신용하는 우를 범하지 않았다. 하여 이곳 시온을 침공하게 될 마왕군을 아무 문제 없이 끝장낼 방도를 마련해 두었다.

다만 그 방도는 최후에나 선택할 수 있는 극단의 대책이었기에 아무리 배신자가 되어버린 엘크란이라도 쉽게 쓸 수 없는 것이었다.

화르륵.

대화를 나누던 두 사람의 눈에 화염이 보였다. 순간, 그들의 안색이 어두워졌다.

"으음……."

"……."

시온의 대의를 배신한 자들이 보는 가운데 그렇게 시온은 전장으로 변하고 있었다.

                    *           *           *

쉐액!

바람을 가르며 하늘빛 궤적이 암회색의 공간을 벤다. 그러
자 잠깐이지만 바깥의 풍경이 보였다. 허나 잠시뿐이었고 곧
다시 암회색의 안개가 그 풍경을 가렸다.

'빌어먹을.'

완벽히 갇혔다는 생각에 이델의 머릿속이 초조해졌다.

그때였다. 기척도 없이 상대의 공격이 날아들어 왔다. 창
졸간에 목이 노려진 이델은 당하기 직전에 아슬아슬하게 공
격을 막아냈다.

"헉, 헉."

벌써 수십 번째다. 보이는 것이라고는 오직 암회색의 공간
뿐. 이런 곳에서 당하기만 하니 지치는 것도 당연했다.

표적이 보이지 않으니 상대를 찾아 쫓는 유도 기능이 있는
마법은 소용이 없다. 그렇다고 통째로 이 일대를 날리자니 그
것을 준비하는 동안의 빈틈을 저쪽이 노리고 들어올 것 같았
다.

그래서 처음엔 이 공간을 빠져나가려 했지만 어찌된 일인
지 아무리 움직여도 빠져나가질 못했다. 여기에 대해선 이델
에게 짐작 가는 부분이 있었다.

'분명 이 오러의 공간은 소년을 중심으로 계속 움직이는 거겠지.'

그렇다는 것은 결국 소년을 어떻게 하지 않으면 탈출은 불가능하다는 것이다.

이런 식의 오러 운용을 경험해 본 적이 없는 이델로서는 여러 가지로 난감한 적이었다.

'암살자로서 키워진 오러 유저가 이런 식으로 덤비니 손을 쓸 방법이 없네. 저번에 이런 식으로 공격해 왔다면 그때 그곳을 빠져나오지도 못했을 테지.'

이렇게 생각을 하는데 다시금 무음으로 날아드는 공격이 있었다. 그런데 이번에는 하나가 아니었다.

'많다.'

소리도 들리지 않고 기척도 느껴지지 않는 상황에서 이델은 공기의 떨림을 통해 아주 아슬아슬한 순간에 알아챌 수 있었다.

"아케인 실드!"

펼칠 수 있는 방어 마법 중 가장 뛰어난 마법을 펼쳐 이델은 날아드는 공격을 막아냈다.

보이지 않는 공격은 연신 황색의 장막을 두들겼다. 그때마다 장막에 금이 갔다. 어서 서둘러 대항책을 찾지 못하면 당하고 말 것이었다.

'오러이니 바람을 일으킨다고 흩어지지는 않고. 결국 오러로 해봐야 하는데 그건 이미 시도했잖아. 뭔가 다른 방법이 없을까.'

이델은 필사적으로 이 상황을 타개할 방법을 떠올려 보았다. 그러던 중, 문득 머릿속에 스쳐 지나가는 아이디어가 있었다.

'혹시 그 방법이라면……'

약간은 황당무계한 방법이었기에 스스로가 반신반의하는 판국이었지만 지금은 앞뒤 가릴 처지가 아니었다.

이델은 곧 마음을 굳혔다.

'까짓, 안 해보는 것보다 낫겠지.'

이델은 왼손으로 주먹을 쥐며 가슴 가운데에 댔다. 그런 다음 신성력을 발휘했다.

"로이아스시여, 내 주변의 아픈 자를 치유케 하는 힘을 내리소서!"

이 기도문에 이델의 몸에 있던 신성력이 치유의 힘이 되어 구현되었다. 그것은 새하얀 빛으로 나타났고 이델의 몸 주위로 내리면서 아까까지 입은 상처들을 치유하였다. 그런데 빛은 이델 주변에서만 나타난 게 아니었다.

암회색 오러의 공간 너머 빛을 본 이델은 몸을 바로 날렸다.

"거기냐!"

일갈과 동시에 하늘빛 궤적이 위에서 아래로 길게 만들어졌다. 그렇게 내려친 일격이 중간에 가로막힌다. 그와 동시에 이델의 눈에 상대인 소년이 들어왔다.

소년은 갑작스럽게 자신의 몸을 감싼 빛에 당황해하면서도 냉정히 이델의 일격을 막아냈다. 하지만 오러를 전개해 공간을 만드느라 힘 대부분을 쓰고 있어 이델이 휘두른 성검을 막아내고도 내상을 입었다.

피를 입에서 흘리면서 소년은 다시 한 번 암회색의 공간 안으로 스며들듯 사라져 갔다. 하지만 이걸 그대로 두고 볼 이델이 아니었다.

"어림없지!"

이델은 다시 한 번 기도문을 외워 치유의 주문을 발동시켰다.

당사자뿐 아니라 주변에 시전자가 인식하는 존재를 포함하여 치료하는 힘이 펼쳐지고 다시 한 번 빛 무리가 생겨났다.

'거기구나!'

또 한 번 빛을 쫓아 이델은 성검을 휘둘렀다.

채앵!

검이 부딪치고 상대의 모습이 얼핏 보였다.

"아케인 볼트!"

상대를 확인하기 무섭게 이델은 십여 발의 마법 탄을 날렸다.

소년은 반사적으로 오러 가드를 펼쳤지만 역시나 공간을 만드는 데 힘을 집중하느라 제대로 된 오러 가드를 펼치지 못하고 마법에 의한 데미지를 입고 말았다.

이델은 자신의 마법이 효과를 입혔으리라 의심하지 않고 마법이 날아간 방향에 검을 사선으로 내리 그었다. 그러나 이번에는 헛되이 허공만 가를 뿐이었다.

'칫! 놓쳐 버렸네. 하지만 뭐 됐어. 이런 식으로 따라잡으면 돼.'

타깃팅이 불가한 마법 대신 신성 주문으로 상대를 찾는다는 발상이 먹혀 들어갈 줄이야. 덕분에 상대를 공략할 방법을 완벽하게 찾았다. 뭐 신성 주문을 쓸 때마다 상대가 입은 피해가 회복되지만 그보다 큰 피해를 입히면 될 일이다.

이델은 망설임 없이 계속해서 신성 주문을 사용해 소년을 찾아냈다. 반복되는 이런 식의 공격에 소년은 속절없이 당할 따름이었다.

대처를 하려 해도 자신에게 펼쳐지는 회복 마법의 빛을 어찌할 수 없으니 그럴 수밖에 없었다.

이윽고 암회색의 공간을 이루던 오러를 유지할 수 없게 될 정도로 피폐해진 소년은 자신의 의도와는 상관없이 사용하던 기술을 거둘 수밖에 없게 됐다.

"끝난 건가."

이델은 다시금 보인 바깥의 풍경에 기쁨을 드러냈다.

그때, 이델을 향해 소년이 검을 찔러 들어왔다.

지쳐 오러를 제대로 발현하지 못하고 몸도 많이 둔해진 상황에서 펼친 일격이라고는 믿기 어려울 정도로 날카로운 공격이었다.

"아직 포기 못했나."

자신의 심장을 향해 날아드는 소검을 빗겨 피해내면서 이델은 팔꿈치로 소년의 명치를 강하게 가격했다.

그 타격에 비틀대는 소년을 향해 이델은 조금의 주저도 없이 성검을 연속으로 휘둘렀다. 선을 그린 성검에 의해 소년의 몸 곳곳에서 선혈이 뿜어져 나왔다.

털썩.

상처 입은 소년은 바로 그 자리에 쓰러졌다.

자신이 벤 소년을 보며 이델은 중얼거렸다.

"휴, 이 정도면 되겠지."

굳이 검으로 벤 것은 그 정도까지 하지 않으면 안 되었기 때문이다.

상대는 어려도 엄연히 오러 유저이다. 어설픈 동정으로 살짝 했다가는 언제 또 날뛸지 모르는 일이기에 독하게 팔다리의 힘줄까지 자른 것이었다.

이렇게 다친 부분은 나중에 자신이 치료하든 포션을 쓰든 해서 치료하면 될 일이었다.

"오러를 완전히 봉쇄해야 안심인데… 일단은 데리고 가자."

이델은 쓰러진 소년을 한쪽 어깨에 들쳐 엎었다.

바깥의 상황을 모르고 있었던 시간이 꽤 길었던 만큼 신중히 갈 곳을 선택해야 했다.

"지금쯤이면 두 사람 다 본부에 가 있겠지. 가서 합류한 뒤에 대책을 세우는 게 좋겠어."

결정을 내린 이델은 소년은 들쳐 메고 서둘러 뛰기 시작했다.

*          *          *

"카디 부대 편성 완료했습니다."

"하두람 부대도 준비됐네."

"그럼 두 부대는 동쪽 정찰에 나서주세요. 필시 적 대부대가 이리로 오고 있을 겁니다."

"알겠네."

이올라의 말에 수인족 전사와 드워프 전사는 수십 명의 휘하 대원을 이끌고 본부를 벗어났다.

한 가지 일을 끝마치고 이올라는 같은 자리에 있는 인간 남성에게 질문을 던졌다.

"아르단 경의 소재는 아직 파악 못했나요?"

"그게… 처소가 공격받은 것만 확인되었을 뿐 아직 그분은 찾지 못했습니다. 하지만 인원을 더 푼다면……."

"지금은 도시 곳곳에 암살자들이 활보하고 있습니다. 자칫 잘못하면 병력만 손실하게 됩니다. 안타깝지만 현 시간부로 수색을 멈추고 전력을 이곳에 집중시키겠습니다. 바깥 편성이 끝나는 대로 제게 상황을 전달해 주세요."

"알겠습니다."

이올라의 말에 인간 남성은 바로 경례를 한 뒤 밖으로 나갔다.

그런 뒷모습을 보던 호인족 대마법사 로위나는 넌지시 말을 꺼냈다.

"상황이 매우 안 좋은 거 아냐? 콜자트도 죽었고 누크란도 자리를 비운 상황에서 아르단까지 생사불명이니 전력이라곤 너와 나 둘뿐이잖아."

콜자트는 이노센트 라이트에 소속된 드워프 대마법사였다. 그는 마법 해제 물품을 이용해 침실에 침입한 암살자의 손에 맥없이 죽임을 당했다. 몇 안 되는 중요 전력이 허망하게 사라진 것이었다.

게다가 오러 유저인 누크란을 비롯한 이노센트 라이트의 인원 중 일부가 임무로 외부에 나가 있어 지금 상황에서 전투에 참가할 수 있는 인원은 고작 4천 명 남짓이었다.

"이델 경이 있습니다."

"아. 그도 있었지, 참. 깜빡 잊고 있었지 뭐야. 그런데 그 녀석은 지금 어디에 있어?"

"그는… 지금 침입한 마왕군의 암살자와 싸우고 있어요."

이올라는 홀로 마왕군 측 오러 유저와 싸우고 있을 이델을 속으로 걱정했다.

마음 같아서는 도움을 주고 싶지만 지금은 시온의 위기를 극복하는 게 먼저였기에 애써 그 마음을 지우며 현재 해야 할 일에 집중하고자 노력했다.

다들 분주히 뛰어다니며 혼란한 상황을 정리하는 가운데 이올라가 있는 방의 문이 부서질 듯한 소리를 내며 발깍 열렸다. 문을 발로 차고 들어온 이는 바로 이델이었다.

"상황은 어때!"

"아……."

방금까지 생각하던 이가 눈앞에 나타나자 이올라는 평정

심을 순간 잃고 말았다. 그러나 이델은 그런 그녀의 모습을 제대로 보지 않고 다급히 할 말부터 꺼냈다.

"오면서 보니 도시를 지키던 세계수의 결계가 갑자기 축소 되던데. 대체 어떻게 된 일이야?"

"그게 무슨 말이야?"

이올라를 대신해 로위나가 반문을 던졌다.

이쪽도 사정을 모르는 것을 안 이델은 답답한 듯 창문을 가리키며 말했다.

"밖을 보라고."

이델의 말에 두 사람은 바깥을 보았다. 눈에 들어온 것은 세계수 주변을 감싼 돔 형태의 녹색 장막이었다.

"이게… 어떻게 된 일이람."

"내가 묻고 싶은 말이야, 그건."

로위나는 밖의 풍경에서 눈을 떼지 못한 채로 대답했다.

이곳에 온 지 얼마 안 된 이델로선 현 상황이 전혀 이해가 가지 않았다. 혹시 마족이 침입하여 저리된 것일까 싶어 물어본 것인데 로위나나 이올라 모두 이 상황을 모르는 것 같아 보였다.

덜커덩.

한 번 이델에 의해 반쯤 부서지다시피 한 문짝이 다시 열리더니 피투성이가 된 누군가가 들어왔다.

"보, 보고 드립니다."

"어서 부축을!"

이올라가 말을 끝마치기도 전에 이델은 막 쓰러지려는 늑대 수인의 몸을 부축했다.

이미 중한 상처를 입은 늑대 수인은 숨을 헐떡이면서도 전할 말을 하기 위해 입을 움직였다.

"북쪽에서부터 대규모의 마왕군이 몰려오고 있습니다. 숫자는 파악하기 어려웠지만 족히 수만은 넘어 보였습니다. 크윽, 그리고……."

"이봐! 정신 차려."

"그들의 선두엔… 허억, 진홍의 기사단이 있었습니다. 오러 유저의 수는 파악하지 못했지만 본대 전체가 움직인 게 분명하니 최소 수 명은 있을 겁니다."

진홍의 기사단이라는 이름에 로위나는 씹듯이 내뱉었다.

"마왕 직속 부대까지 참전한 건가. 아예 작정하고 침공하려는 모양이네."

"이미… 저희 부대 대장이신 칸투루 님을 포함해 전원이 정찰 임무를 하다 전사하셨고 저만이 간신히… 살아 돌아왔습니다, 크흐흑."

동료들만 놔두고 혼자만 살아 왔다는 사실에 늑대 수인은 눈물까지 보였다. 그 모습에 이델은 분기를 참을 수가 없었다.

이델은 늑대 수인을 편안하게 눕힌 후 몸을 일으켰다.

"이대로 앉아서 당할 수만은 없어. 놈들이 이 도시에 오지 못하게 내가 가서 막겠어."

"바보야! 혼자서 그 많은 대군을 어떻게 상대하겠다는 거야. 그리고 저쪽엔 다수의 오러 유저와 우수한 마법사들이 포진해 있을 거라고."

"상관없습니다!"

로위나의 만류에도 이델은 뜻을 굽히지 않았다. 이올라는 이 상황을 타개할 방법을 찾기 위해 심각히 고민했다.

생각이 정해졌는지 이올라는 두 사람을 보며 말을 하였다.

"수비대가 마왕군으로부터 이곳을 지킬 준비를 갖출 때까지 시간이 필요할 것입니다. 그러니 우리가 먼저 마왕군을 요격해 시간을 벌어야 합니다."

"그 말 진심이야? 우리 전력은 고작해서 4천 명뿐이라고."

"알고 있습니다. 하지만 전장이 되는 곳은 바로 수림 팔로스입니다. 대군이라고 해도 병력 운용이 어려울 것입니다."

"맞아. 큰 나무가 많은 이곳이라면 유격전으로 적을 괴롭

힐 수 있어."

"말이야 쉽지. 이미 코앞까지 온 적을 상대로 유격전을 펼친다 해서 무슨 효과가 있겠어. 적이 무시하고 그대로 시온으로 오면 끝인 것을."

로위나의 지적은 틀리지 않았다. 하지만 이때, 반가운 목소리가 들렸다.

"그 점이라면 걱정 말게. 지금 막 방어 시스템이 정상적으로 작동되고 있으니 그들은 곧 머지않아 엇걸림의 결계에 빠져들게 될 것이네."

"총대장님!"

"돌아오셨군요."

무사히 돌아온 군터를 본 모두가 반가움을 표시했다.

군터는 이델 쪽을 보며 말했다.

"그는 어찌되었나."

"아, 그 소년이라면 지금 이곳에 구금되어 있습니다."

본부에 도착한 이델은 마법사들에게 소년을 인계하였다. 아마 지금쯤 오러를 봉쇄하는 마법구로 구속되어 이곳 본부 어딘가에서 잠들어 있을 것이었다.

이델의 말에 군터는 별다른 반응 없이 간단히 고개만 끄덕였다. 그리곤 세 사람을 보며 평소보다 더 힘을 실어 말했다.

"지금은 초유의 급박한 상황이네. 자칫 잘못하면 수백 년 간 지켜온 우리의 마지막 보루가 무너질 수 있네."

"그렇게 안 됩니다."

이델은 주먹을 꽉 쥐며 말했다.

겨우 희망이 보이기 시작했는데 여기서 끝날 수는 없지 않은가. 무슨 수를 쓰더라도 이곳만큼은 반드시 지켜내고 싶었다.

이델의 이런 각오를 엿본 군터는 다시 한 번 고개를 주억거린 뒤 말을 마저 했다.

"나 역시도 이곳을 지키기 위해 이 한 목숨 기꺼이 바칠 것이네."

"저도 제 한 목숨을 바치겠습니다."

"뭐, 나도 내 쉼터가 사라지는 것은 원치 않으니깐. 죽을 각오로 한번 싸워볼게."

"고맙다, 모두들."

군터는 모두의 결의에 감사함을 표시했다.

"난 수비대와 함께 마왕군을 저지할 수 있게끔 준비를 갖추겠네. 병력의 지휘권은 이올라 경 자네에게 주도록 하지. 최대한 시간을 끌되 위험하다고 생각하면 바로 후퇴하게. 이건 총대장으로서 명령이네."

"예, 알겠습니다."

"그럼 난 적 중에서 위협이 될 만한 놈들을 찾아 제거해야 겠다."

이델은 스스로 할 일을 정했다. 자신이 지휘하는 역할에는 어울리지 않다는 것을 잘 알고 있었고 스스로의 능력을 최대한 활용한 방법을 알았기에 내린 결정이었다.

군터 역시 같은 생각을 했는지 이델의 결정을 반대하지 않았다.

잠시 후, 전 대원이 모인 앞에서 군터는 정해진 사실을 알렸다. 그리고 이와 같은 말을 하였다.

"이곳은 우리가 지금껏 살아온 터전이다. 이곳을 잃는다면 우리는 영영 돌아갈 곳 없는 유랑의 길을 걸어야 할 것이고 우리의 후대는 안타깝게 마족의 노예가 된 동포들처럼 야성의 존재가 되어 아무런 희망도 꿈도 없이 떠돌게 될 것이다."

군터의 말에, 좀 전까지만 해도 마왕군의 급습에 두려움을 느끼던 대원들이 각성하였다.

"그, 그럴 수는 없어. 여긴 우리의 보금자리라고."

"내 가족들이, 그리고 내 아이의 아이가 황야를 떠돌게 할 수는 없어."

이러한 대원들의 반향에 군터는 다시 말을 꺼냈다.

"아직 늦지 않았다. 마왕군이 이 땅을 짓밟지 못하도록 막을 수 있는 건 우리 이노센트 라이트뿐이다. 그러니 부디 이 땅과 이 땅에서 살아가는 이들을 위해 목숨 바쳐 싸워주길 바란다."

"알겠습니다!"

"내 목숨 하나 아깝지 않다 이거야. 적어도 마족 100마리는 내 손으로 해치우고 죽겠어."

"나도 마찬가지다."

이제 대원들은 싸울 준비가 끝났다.

되든 안 되든 이노센트 라이트만으로 마왕군의 침공을 최대한 저지해야 하는 게 이노센트 라이트 대원에게 주어진 임무였다.

매우 어려운 임무였지만 이 임무를 맡은 모두는 결의에 불타올라 어느 때보다 사기가 높았다. 떠나는 대원들을 지켜보며 군터는 나직하게 말을 하였다.

"부탁하네. 자네들만이 이 위기를 넘길 수 있는 희망이야."

\*　　　\*　　　\*

"이게 뭐지."

"아까부터 계속 같은 자리다."

첨병으로 나선 마족들은 표시된 나무를 보고 걸음을 멈췄다.

벌써 1시간째 앞으로 나아가지 못하자 이들은 뭔가 일이 잘못됨을 깨달았다.

"이봐, 이게 어떻게 된 일이야."

"아무래도 마법 결계에 걸려든 것 같습니다."

"뭐야?"

"침투한 쪽이 실패하지 않았나 싶습니다."

뒤따르던 마법사의 말에 지휘관인 오크는 인상을 팍 썼다.

"제길! 그 음습한 놈들을 믿는 게 아니었어. 이까짓 일 하나 제대로 못하다니."

"크로노스 님께 보고해야 하는 것 아닙니까."

"으음… 이 결계를 해제 못하는 건가."

"제 실력으로는 무리입니다. 본진에 계신 대마법사 분들이 아니면 깨기가 어려울 것입니다."

"골치 아프군. 그럼 어서 사정을 알리고…….."

퍼억!

불쑥 날아든 한 대의 화살이 마법사의 머리를 관통한다. 그리고 그 뒤를 이어 수십 대의 화살이 소나기처럼 마족 병사들에게로 쏟아졌다.

"키엑!"

"기습인가. 모두 엄폐해라."

진홍의 기사단에 속한 자들답게 대처는 빨랐다. 하지만 그들이 조금만 신경을 썼다면 알 수 있었을 것이다. 바로 근처 수풀에 숨어 있는 자들의 체취를 말이다.

파앗!

덤불에서 튀어나온 수인족 전사들은 일제히 사방에서 마족 병사들을 공격했다.

그들의 기습은 그야말로 번개 같았다. 창졸간에 사방으로 피가 튀고 마족 병사들은 커다란 상처를 입고 쓰러져 갔다. 살아남은 건 가까스로 자신을 향해 날아든 공격을 막은 오크 지휘관뿐이었다.

"미천한 하등 종족 따위가!"

분노의 힘으로 휘두른 검이 수인족 전사를 향한다. 하지만 중간에 날아온 섬광이 오크의 미간을 먼저 꿰뚫었다.

"고, 고맙다."

수인족 전사의 감사를 받은 이델은 간단히 목례를 하고 앞으로 지나쳐 갔다.

한편, 이델이 있던 곳 이외에도 전투는 숲 곳곳에서 벌어지고 있었다.

"이쪽이다!"

"어스 웨이브!"

뱀파이어 마법사가 펼친 마법이 대지의 흙을 갈아엎고 커다란 거목을 쓰러뜨려 갔다. 그러자 나무를 이용해 엄폐하여 화살을 쏘던 엘프 레인저들이 나무에 깔리고 흙에 파묻혀 갔다.

"돌격!"

"카아아!"

수백이 넘는 마족 병사가 일제히 앞으로 진격한다.

"바람의 숨결이여, 모든 것을 휩쓸어 버려라. 윈드 스톰!"

로위나가 영창한 마법이 진격하는 마족 병사들을 덮쳤다. 거대한 폭풍이 그들을 사정없이 날려 보내는데 그나마 오우거들 정도만 제자리를 지킬 따름이고 나머지는 저 멀리 날아가 아무렇게나 처박혔다.

"제법 하는 마법사가 있었군. 하지만 내 상대가 될까."

검붉은 로브를 입은 코볼트 마법사가 지팡이를 앞으로 겨누고 주문을 외운다.

"모조리 태워주마. 플레임 토네이도."

"숲을 태우게 놔둘까 보냐."

로위나는 상대의 주문이 완성되는 순간 열심히 마법 방해를 펼쳤다. 마력 면에서나 운용 면에서 상대보다 우위였던 그녀의 방해에 일대의 숲을 한꺼번에 태울 수 있는 마법은 채 발하지도 못하고 소멸되었다.

"이익!"

자존심에 금이 간 코볼트 마법사는 부랴부랴 다시 주문을 펼치려 했다.

그런데 이때! 녹색의 오러를 두른 이올라가 나타났다. 그녀가 향한 곳은 바로 코볼트 마법사가 있는 곳이었다.

"막, 막아랏!"

명령에 코볼트 마법사를 지키던 경호병들이 떼를 지어 이올라에게 달려들었다. 하지만 오러 유저를 상대로 그들이 할 수 있는 일은 아무것도 없었다.

순식간에 당하는 병사들을 보며 코볼트 마법사는 급한 대로 마법을 펼쳤다.

"홀드! 파이어 애로우!"

마법들이 날아들지만 오러의 가호를 받는 이올라에겐 무소용이었다.

푸확!

단칼에 코볼트 마법사는 둘로 베여 땅에 쓰러졌다.

"히익!"

"후퇴다."

오러 유저가 나타나니 마족 병사들은 분분히 사방으로 흩어져 도망쳤다.

이올라는 그들을 쫓지 않고 멈춘 뒤 기운을 가다듬었다. 그런 그녀의 옆으로 소리 없이 다가온 로위나는 주변에 적대적인 생명체가 있는지 여부를 확인하는 마법을 쓴 후 이올라에게 말을 건넸다.

"이쪽은 정리된 것 같네."

"그럼 다음 장소로 옮기죠. 진홍의 기사단은 어떻게 되고 있죠?"

통신 마법으로 각 부대와의 연락을 주고받는 역할을 하는 마법사가 긴장하며 말했다.

"노델과 카티아 부대가 일단 그들을 유도하고 있습니다. 하지만 피해가 커서 얼마나 버틸지 모른다고 추가 지원을 요청하는 상황입니다."

"그렇군요."

최정예 전력인 진홍의 기사단과 마법 병단 전력을 직접 상대할 수 없기에, 최대한 그들이 시온에 당도하지 못하게끔 시간을 끌어야 했다. 그렇기에 정면 대결을 피하며 그들을 숲에 설치된 결계 중에서도 상당히 공격적인 결계로 유인했다.

그러나 현재까지 상황은 좋지 못했다.

강력한 오러 유저와 대마법사가 다수 포진된 적은 강력한 결계도 쉽사리 돌파하며 전진을 계속했던 것이다. 이대로 둔다면 몇 시간 안에 결계를 완벽히 돌파해 시온까지 밀고 들어갈 가능성이 큰 상황이었다.

"우리가 합류합니다."

"정말이야? 이델 그자가 아까 자신이 그쪽을 맡겠다고 갔잖아."

"앞서 작전을 펼치던 두 부대와 협력하지 않으면 아무리 그라도 진홍의 기사단을 막는 건 역부족이에요. 우리가 도와주지 않으면……."

"아니, 안 돼. 지금 넌 군터 총대장의 대리야. 지금 상대해야 할 적은 진홍의 기사단만 있는 게 아니라고."

"……."

로위나의 말에 이올라는 대답을 못했다.

현재 이노센트 라이트는 전력을 다 쏟아내 숲에 들어온 마족의 대군을 가까스로 저지하고 있었다. 압도적인 수적 열세에도 이를 가능하게 한 것은 로위나와 이올라가 속한 특공 부대가 계속 움직여 가며 적들에게 혼란을 줬기 때문이었다.

이런 이올라의 부대가 빠진다면 저지력이 유지될 수 있을 리가 없었던 것이다.

이때, 또다시 안 좋은 소식이 들어왔다.

"보고 드립니다. 다르탕 부대가 전멸했습니다."

"뭐?"

"그리고 로만드, 주피아스 부대도 상당한 타격을 입고 퇴각 중입니다."

전령으로 온 소인족 병사의 말에 이올라의 눈동자는 흔들렸다.

그런 그녀를 보며 로위나는 말을 꺼냈다.

"어떻게 할래. 결정권은 너에게 있어."

이델과 그를 함께 따라간 전력이라면 약간의 시간은 벌어줄 것이다. 하지만 지원이 없다면 생사는 장담할 수 없다.

순간 많은 생각이 스쳐 지나가는 가운데 이올라는 결정을 내려야 했다.

잠시 망설이던 이올라는 이윽고 말했다.

"우리 부대는… 동쪽 방어선으로 이동합니다."

"그래, 그렇게 결정했구나."

"예."

"어쩔 수 없는 일이야. 너무 자책할 필요 없어."

"알고…있어요."

말은 그리했지만 이올라의 얼굴엔 수심이 깃들어 있었다.

결국 이올라는 자신에게 지워진 책임을 선택했고 이델은 적절한 도움을 받지 못한 상태에서 마왕군의 주력과 맞붙게 되어버렸다.

*       *       *

"큭! 한 발 늦었나."

무참히 살해된 이노센트 라이트 병사들의 모습에 이델은 치를 떨었다.

죽어간 자들은 마지막까지도 필사적으로 저항했는지 현장만 봐도 알 수 있었다.

"최대한 빨리 왔는데도 이렇게 되어버리다니."

당초 합류해서 지연 작전을 펼쳐야 할 동료가 다 죽었으니 앞으로 진홍의 기사단을 막는 일이 막막해져 버렸다. 뭔가 새로운 대안이 필요했다.

방법을 찾기 위해 생각에 잠긴 이델에게 같이 따라온 캐넌이 말을 건넸다.

"어떻게 할 거야, 이델?"

"우리가 포기하면 시온이 무너지는 것은 시간문제야."

"이봐, 아무리 그래도 지금 우리 전력만으로 그들을 막을 수 없어."

함께 따라온 이노센트 라이트의 대원이 겁에 질려 말을 한다. 그뿐만 아니라 대부분 대원들의 눈빛에서도 주저함을 읽을 수 있었다.

그런 그들을 향해 뭐라 탓할 수는 없었다.

하루하루를 살아가는 한 사람으로서 본능적으로 살고 싶다는 생각을 하는 것은 지극히 타당한 일이기 때문이었다. 그리고 과거 용사가 처음 되었을 때, 이델도 사실 저들과 다르지 않았다.

두려움을 안고 목숨을 걸어야 할 전장에 나가야만 했던 그때의 기억을 떠올린 이델은 자신의 주변에 모인 대원들을 보며 평온한 목소리로 말하였다.

"알겠습니다. 그럼 여러분은 이올라 경의 부대에 합류하십시오. 진홍의 기사단은 제가 어떻게든 막아보겠습니다."

"혼자서 말입니까?"

이델의 말에 다들 깜짝 놀라는 모습을 보였다.

대원들은 이델의 말이 실현 불가능이라고 받아들였다. 그러나 이델은 진심으로 한 말이었다.

이델이 정말 혼자서 가려 하자 순간 캐넌이 뒤를 따르려 했다.

그것을 안 이델은 고개를 살짝 가로저으며 말했다.

"캐넌도 저들과 같이 가."

"하, 하지만……."

"난 괜찮아."

이 상황에서도 자상한 이델의 말에 캐넌은 커다란 눈방울에 물기를 보이며 우두커니 멈춰 섰다. 이델을 돕고 싶은 마음보다 살고 싶은 본능이 그녀를 만류한 것이었다.

이를 본 이델은 그런 캐넌을 결코 미워하지 않았다. 오히려 다행이라고 생각했다.

'굳이 캐넌까지 위험한 길에 빠뜨릴 수 없지. 놈들을 막는 건 나 혼자서도 충분해.'

자신감이 있어서가 아니다. 반드시 해야 한다고 믿기에 이렇게 생각하는 것이었다.

이델의 결의를 안 대원들은 긴 침묵을 만들어냈다.

이 자리서 누군가가 용기를 낸다면 상황은 달라질 수 있었다. 하지만 안타깝게도 그런 용기 있는 자는 이 자리에 없었다.

"그럼."

마지막이 될 수도 있는 눈인사를 하고 이델은 제자리를 박차고 몸을 날렸다. 오러 능력자인 그는 눈 깜짝할 사이에 시야 밖으로 사라져 버렸다.

이를 쭉 지켜본 캐넌은 입술을 꾹 깨물더니 돌발적으로 이델이 간 방향을 쫓아 몸을 날렸다. 남겨진 자들은 여기서 흔들렸다.

"······."

"어떻게 할 거야?"

동료의 물음에 방금까지 침묵하던 전사는 흔들리는 눈빛을 은연중에 내보였다. 그것은 다른 자들이라고 다르지 않았다.

**2장**

총력전

이델이 최초로 진홍의 기사단과 전투를 개시한 것은 캐넌, 이노센트 라이트 대원들과 떨어지고 20분이 지난 후였다.

막 숲에 설치된 결계를 부수다시피 해체하고 나온 진홍의 기사단의 일단을 이델은 무지막지하게 공격하였다.

"블래스트 봄!"

커다란 폭발과 함께 숲이 흔들린다.

"카앗!"

참마도를 휘두르는 트롤을 향해 이델은 창공검이 전개된

성검을 마주 휘둘렀다.

서컥!

참마도와 함께 트롤의 몸도 양단되어 버린다.

적을 베어낸 이델은 앞에 보이는 다수의 적을 향해 검 끝을 겨눴다.

"스카이 레인!"

창공검이 분열되고 무수한 파편이 앞으로 쏟아져 나갔다. 파편에 얻어맞은 마족들은 피를 뿌리며 줄줄이 쓰러져 갔다.

한 차례 휩쓸고 나니 남은 건 마족들의 시체뿐이었다.

"하아, 하아."

한순간에 힘을 방출한 이델은 약간 거칠어진 숨을 골랐다.

그렇게 숨을 돌리고는 바로 마력을 운용해 탐지 주문을 펼쳤다.

그 결과, 주변에 무수한 수의 적이 있음을 알 수 있었다.

"벌써 이 주변을 포위하기 시작했군. 게다가 이 포위망, 보통 솜씨가 아닌데. 탈출로가 전혀 보이지 않아."

3번이나 습격을 받았으니 무시하고 지나갈 수 없었던 모양이다.

이델은 일단 지금 있는 곳은 위험하다고 판단하고 자리를 뜨려 했다.

헌데 바로 그 순간! 이델이 있는 곳으로 섬광 마법이 작렬했다.

"큭!"

폭발을 피해 이리저리 움직이며 이델은 마법이 날아오는 쪽으로 달렸다.

이델의 접근에 진홍의 기사단 기사들이 두꺼운 사각 방패를 내세우며 앞길을 막았다.

"그까짓 것으로 날 막을 수 없다!"

부담감을 떠안고 싸우는 만큼 평소와 다르게 호전적이 된 이델은 하늘색 궤적을 앞으로 길게 그리며 기사들을 날려 버렸다.

허나, 날려간 기사들 중 죽은 자는 거의 없었다.

'기사라는 칭호를 받을 만하다는 건가.'

오러 유저의 공격을 받고도 살아남을 수 있다면 일류 전사라 해도 과언이 아닐 것이다.

그렇지만 그렇다 해서 이델의 적수가 되는 것은 아니었다.

"큭!"

이델은 맨 먼저 골치 아픈 마법사부터 제거하고 기사들을 상대해 갔다.

단지 오러만 가지고 싸웠다면 꽤 장기전이 되었겠지만

이델은 마법을 적극적으로 사용해 단숨에 승패를 결정지었다.

"이걸로 조금 전력을 깎았다고 할 수는… 없겠지."

지금까지 친 건 일반 기사나 그 수준에 못 미치는 자들이었다.

진홍의 기사단 핵심 전력은 어디까지나 숫자 미상의 오러 유저였다.

"힘이 더 줄기 전에 두세 명 정도 해치워야 하는데."

기왕이면 대마법사급 마법사도 같이 제거하면 더할 나위 없을 것이다.

이델은 지금 이 시점에서 자신을 제거하기 위해 오러 유저나 대마법사가 나타나 주기를 원했다. 헌데 하늘이 그의 소망을 들어준 것일까.

진짜 그런 일이 생겨 버리고 말았다.

파바밧!

엄청난 속도로 누군가 나뭇가지들을 뛰어넘으며 이델이 있는 곳으로 도착했다. 그는 자신의 정체를 보이기도 전에 먼저 공격부터 펼쳤다.

"웃, 이런!"

폭격처럼 쏟아지는 오러 다발에 이델은 정신없이 좌우로 뛰며 뒤로 물러나야만 했다.

"카핫!"

웃음소리와 함께 벼락처럼 연홍색 검광이 나무 위에서부터 떨어져 내려왔다.

이를 막기 위해 이델은 양손으로 검 손잡이를 잡고 오러를 발하였다.

콰앙!

격렬한 충격음과 함께 주변의 나무들이 쓰러진다. 하지만 이델은 쓰러지지 않았다.

'가고일인가.'

눈에 들어온 적을 확인한 이델은 힘으로 상대를 반대편으로 튕겨냈다.

이에 팽그르르 공중을 돌던 가고일 오러 유저는 한 나무 기둥을 밟았다.

오러의 영기를 피워내며 선 가고일 오러 유저는 이델을 보며 비아냥거리는 말투로 말하였다.

"인간 오러 유저인가. 아직도 이런 희귀종이 남아 있었다니. 이곳이 그 이노센트 라이트인가 뭔가 하는 떨거지 집단의 본부가 맞긴 한가 보군."

"인간을 동물 취급하지 마라."

"흥! 수백 년 전만에도 너희 인간은 우리 종족을 몬스터라 불렀지."

"……."

"뭐, 그런 케케묵은 과거 이야기는 지금에 와서 중요치 않지. 마음 같아서는 너 같은 희귀종을 내 개인 수집품으로 두고 싶지만 우리 기사단의 앞길을 가로막은 이상 살려둘 수 없겠구나. 나 헥스에게 걸린 것을 후회하도록 해라."

"웃기는 소리."

더 들을 것도 없었다. 그래서 이델은 곧장 몸을 띄워 헥스를 노리고 검을 수평으로 길게 휘둘렀다.

우지직.

성검이 베고 지나간 것은 안타깝게도 나무뿐이었다.

재빨리 공중으로 도약한 가고일 오러 유저 헥스는 바로 허공에서 반전해 이델의 등을 노렸다.

'공중전이라면 나도 뒤지지 않아.'

상대의 움직임을 공기의 흐름으로 읽으며 이델은 자신이 잘라낸 부분을 밟고 도약했다.

그리고는 에어 워크로 공중에서 몸을 돌려 헥스와 정면으로 맞붙었다.

챙! 채챙!

공중에서 잠깐 가까워진 동안에 둘은 눈에 보이지 않는 빠른 공격을 연거푸 쏟아냈다. 하지만 대부분이 상쇄되고 빗나갔다.

서로 거리가 벌어지자 먼저라고 할 것 없이 서로 몸을 돌려 다시금 접근전을 펼쳤다.

　지상이 아닌 공중에서 펼쳐지는 접전은 날개 달린 가고일인 헥스가 유리해야 했지만 이델은 결코 그에게 밀리지 않는 모습을 보였다.

　"인간 따위가 하늘에서 날 상대하다니."

　"날개가 없다고 날 수 없다는 법은 없지!"

　분한 목소리로 말하는 헥스의 말에 상대하며 이델은 재차 검을 휘둘렀다.

　공중에서 파공음이 연신 울리고 무수한 나뭇잎이 아래로 떨어져 내렸다.

　이델은 공중에서 정신없이 싸우는 와중에도 침착히 헥스를 공략할 방법을 생각하였다.

　'놈의 약점은 저거다.'

　이델은 날아드는 공격을 피해내면서 허공을 연속적으로 밟았다.

　그렇게 헥스의 뒤로 들어가면서 날개를 노리고 성검을 휘둘렀다.

　"아니잇!"

　성검이 한 번 스윽 훑고 지나가자 날개의 피막이 무참히 찢겨졌다.

이델처럼 오러의 힘을 빌려 공중을 나는 게 아니라 자신의 신체인 날개를 통해 비행하던 헥스는 머리부터 아래로 추락해 갔다. 그런 그를 쫓아 이델도 빠르게 낙하였다.

"공파참!"

떨어지는 속도를 이용한 참격이 헥스의 몸을 가로질렀다.

"크아아악!"

단말마의 비명과 함께 헥스의 몸이 먼저 지상에 추락하였다.

그 직후 좀 떨어진 장소에 착지한 이델은 숙인 몸을 바로 폈다.

그는 굳이 뒤를 돌아보지 않았다. 그럴 필요가 없었기 때문이었다.

"이제 하나 해치웠다."

솔직히 이번엔 운이 좋았다. 만약 이곳이 공중전을 펼치는 데 제약이 많은 숲이 아니었다면 아무리 보통의 오러 유저와 다르게 공중전에 능한 이델이라도 이기긴 어려웠을 것이었다.

어쨌거나 오러 유저 하나를 유리한 입장에서 쉽게 해치울 수 있었던 것은 행운이라 봐도 무관했다.

"그럼 다음 장소로……."

"그럴 필요 없다."

멀리서 말했음에도 불구하고 바로 옆에서 말한 것처럼 들렸다.

갑자기 온몸의 털이 곤두서는 느낌을 받으며 이델은 황급히 고개를 돌렸다.

"여어."

여유로운 모습으로 이쪽을 보는 근육질의 뱀파이어를 본 이델은 흠칫 굳었다.

단 한 번 본 것만으로 알 수 있었다.

'강하다.'

지금 눈앞에 있는 상대에게서 느낄 수 있는 것은 이 한 가지뿐이었다.

곧 이델을 놓고 다수의 기사가 주변을 포위한다. 이 중, 오러 유저라 여겨지는 자가 다섯이나 되었다. 거기에 보이지는 않지만 마법사들의 마력 파동도 여럿 전해져 오고 있었다.

다수의 눈이 자신을 향하고 있음을 느끼면서 이델은 성검을 두 손으로 꽉 쥐었다.

이델이 강하다고 무의식적으로 인정한 존재, 진홍의 기사단 단장 크로노스는 날카로운 송곳니를 드러내며 말을 내뱉었다.

"호오, 혼자였나."

"……."

긴장감에 검을 잡은 손아귀에서 땀이 흐른다.

내내 주변으로 적이 접근하는지 파악하며 싸웠는데도 지척까지 이만큼의 병력이 오는 것을 눈치채지 못했다는 사실이 꽤 충격으로 다가왔다.

'필시 모종의 마법으로 내 감각과 탐지 마법에 걸려 들지 않은 거겠지.'

이 사실을 지금 와서 안들 무슨 소용일까. 이제 퇴로조차도 없는데.

상황은 지금 절대적으로 이델에게 불리했다.

＊　　　＊　　　＊

크로노스는 홀로 있는 이델을 흥미로운 시선으로 보았다. 그러더니 등에서 붉은 대검을 뽑아 들었다.

"모처럼 내 블러드 데몬을 상대할 만한 상대가 생긴 것 같군. 너희는 나서지 마라."

"알겠습니다, 크로노스 대장."

마족어로 저들끼리 말하는 소리가 이델에게까지 들렸다.

크로노스라 이름 불린 저 뱀파이어가 혼자 자신을 상대하려 한다는 사실을 안 이델은 울적한 표정을 지었다.

'차라리 부하들을 먼저 내보낸다면 조금이라도 더 시간을 벌 수 있을 텐데.'

지금 중요한 건 이기는 게 아니었다. 시온이 조금이라도 전투를 준비할 시간을 버는 게 제 1순위였다.

그런데 처음부터 수장이라 할 수 있는 자가 직접 나설 줄이야.

이델은 마음속으로 자신과 크로노스의 실력을 비교해 보았다.

'힘이 완전한 상태였다 해도 잘해봐야 동률인가. 게다가 저 대검… 보통 물건이 아닌 것 같은데, 이거 더 쉽지 않겠어.'

대마왕 결전 병기라 할 수 있는 용사라 해도 한 가지 우물만 파 그 성취를 이룬 진정한 강자 앞에서는 고개를 숙일 수밖에 없다.

최상의 상태였다고 해도 오러 유저 중 최강자에 속할 수 있는 저 크로노스를 상대했다면 승산 확률은 그리 높지 않았을 것이다.

하지만 그렇다고 순순히 목숨을 내줄 수는 없지 않은가. 이델이 투지를 불태우자 크로노스는 입가에 호선을 그렸다.

"제법 강단이 좋은 녀석이군. 하긴 그래야 흥미가 생기지."

"그 흥미가 네 명을 단축시킬 거다."

"호, 이쪽의 말을 할 줄 아나."

"왜? 하등 종족이 너희 말을 해서 놀랍냐."

이델은 그답지 않게 노골적으로 비아냥거림을 담아 마족어로 말하였다.

도발에 가까운 행동이었지만 크로노스는 조급하게 흥분하지 않았다. 호전적이긴 해도 이지적인 뱀파이어다운 모습이었다.

"재미있군. 이 상황에서도 의연하다니 말이야."

"흥! 워낙 이런 상황을 많이 경험해서 이제 두렵지도 않다."

"나름 백전연마의 강자라는 건가. 하지만 그런 허풍은 나에게 통하지 않는다."

"그러시겠지."

어떤 수단을 써오든 모두 받아주겠다는 자신감이 상대에게 느껴진다.

크로노스는 붉은 대검을 이델에게 겨누며 말했다.

"1분이다. 1분 안에 끝장을 내주지."

"마음대로 되지는 않을 거다."

이델 역시 성검을 크로노스에게 겨눴다.

"와라."

마치 선심 쓰듯 말하는 크로노스는 무시하고 이델은 성검에 각인된 주문을 발동시키기 위해 마력을 끌어 올렸다.

"디스트로이어!"

섬광계 주문 중에서 최강의 파괴력을 가진 주문이 순식간에 완성되어 크노로스를 향해 날아들었다.

오러 유저라 해도 정면으로 맞는다면 치명타를 받을 수 있는 강력한 주문이었다.

그러했기에 크로노스 좌우에 있던 오러 유저들이 크노로스를 지키고자 나서려 했다.

하지만 말 한마디가 그들을 멈춰 세웠다.

"관둬. 이건 내가 막는다."

부하들을 제쳐두고 크로노스는 자신을 향해 날아드는 거대한 섬광을 향해 붉은 대검을 힘껏 휘둘렀다. 그러자 거대한 선홍색 참격이 길게 날아가 섬광과 충돌했다.

쿠아아앙!

엄청난 폭발이 숲 한쪽을 집어삼킨다. 그 폭발은 이델과 크로노스가 선 자리까지 덮쳤다.

한 차례 폭풍이 끝나고 충돌 지점을 중심으로 일대가 허허벌판가 되어버렸다.

일대의 지형까지 뒤바꿀 정도의 충돌이었지만 오러 유저들은 조금도 타격을 입지 않고 저마다의 방식으로 충격을 완충해 자리를 지켰다.

허나 그럴 재주가 없는 일반 기사들은 대부분 흔적도 없이 사라지거나 아니면 보이지 않는 곳까지 날아가 버리고 말았다.

이런 상황을 만든 당사자 중 하나인 크로노스는 히죽 웃으며 말하였다.

"후, 아찔한데. 제법 강렬한 한 방이었어."

이런 크로노스를 향해 뒤에 있던 부하 중 하나가 한마디 했다.

"그냥 막으시지 힘으로 때려 박으시면 어떻게 합니까. 덕분에 애들만 죽어나갔잖아요."

"아차, 그랬나. 하하! 미처 그 생각을 못했군."

부하들이 떼로 죽어나갔어도 크로노스는 전혀 개의치 않는 껄껄 웃으며 이 상황을 즐겼다.

한편, 이델은 보호막을 거두고 주변을 살폈다.

예상 외로 저쪽에서 힘으로 충돌시킨 덕분에 주변을 포위했던 적들 다수가 쓸려 나갔다.

잃어버린 퇴로를 찾은 셈이었다. 하지만 이델은 도망을 선택하지 않았다.

'어차피 상대 모두가 오러 유저다. 지금 만들어진 이 공터를 벗어나기도 전에 뒤통수를 얻어맞겠지. 차라리 저 크노로스와 싸워 시간을 버는 게 낫다.'

방금 전에 쓴 마법 덕분에 몸에 남은 마력은 그렇게 많지 않다.

오러 유저에게 유효한 주문을 2~3번 쓸 수 있는 정도랄까. 하지만 방금 전에 쓴, 마법 이상의 위력을 가진 마법은 안타깝지만 익히지도 못했고 또 성검에 각인되어 있지도 않다.

저 크노로스와의 대결에서는 남은 마력을 공격보다 다른 쪽에 치중해야 할 것 같았다.

막 생각을 끝마치는데 크노로스가 말을 걸어왔다.

"준비도 없이 다짜고짜 이런 마법을 쓰다니. 그 검의 기능이냐."

"글쎄다. 어떨 것 같나."

상대에게 정보를 주지 않으려 조심하며 이델은 아까 호언장담한 대로 크노로스 혼자만 단독으로 덤비길 바라면서 자세를 고쳤다.

그것을 먼저 오라는 의미로 받아들인 크로노스는 피식 웃었다.

"이쪽이 오는 것을 바란다면 뜻대로 해주지."

순간 크노로스의 몸에서 선홍빛 오러가 폭발적으로 방출되었다.

쾅!

딛고 있던 대지를 산산조각 내며 크노로스는 움직였다.

한 발을 움직였을 뿐인데 이미 크노로스는 최대 속도를 낼 수 있었다.

그런 그에게 이델과의 거리는 엎어지면 코 닿을 거리에 지나지 않았다.

"핫!"

이델은 정면에서 오는 크노로스를 향해 검격을 뿌렸다.

그때였다.

돌연 크노로스의 몸이 셋으로 분열되더니 정면과 좌우로 나눠져 움직였다.

'환영?'

찰나에 이델은 정면을 향해 수직으로 검을 쪼갰다. 하지만 그 공격은 선홍빛 오러를 품은 붉은 대검에 가로막혔다.

그때 좌우에서 바람 가르는 소리가 들려왔다.

"아케인 배리어!"

이델은 다급히 오러를 수비로 돌리는 한편, 마법으로 자신의 몸을 지켰다.

두 줄기의 선홍빛 궤적이 만들어지자 단번에 마법의 방어막이 깨진다. 동시에 육체에도 상당한 타격이 들어왔다.

"크헉."

자신도 모르게 신음을 토해내며 이델은 후방으로 몸을 날렸다.

거리를 두고 나서 이델은 셋으로 분열된 크노로스를 보았다.

"설마 환영이 아니라 실체를 가진 존재일 줄이야."

"내 장기 중 하나인 블러드 퍼펫이다. 어때, 꽤 쓸 만한 기술 아닌가."

"그러신가."

별로 놀라지 않았다는 듯이 대답하긴 했지만 이델은 속으로 내심 식은땀을 흘렸다.

잠깐의 판단 착오가 죽음을 부를 뻔했다. 솔직히 말해 이번에는 운이 좋았다고 봐야 했다.

크노로스는 이델을 보며 다시 한 번 미소를 보였다. 그 미소는 어딘가 모르게 의미심장해 보였다.

"그런데 말이야. 이대로 있어도 괜찮겠어?"

"무슨 말이냐."

경계를 하며 묻는 이델을 보고 크노로스는 고개를 좌우로 꺾었다.

"지금쯤 내 부하들이 목적지에 거의 도착했을걸. 네 목적이 그것을 막으려 했던 것 아니었나?"

"뭐라고?"

크노로스의 말에 이델은 한 방 먹은 표정을 지을 수밖에 없었다.

설마 수장과 주요 전력이 없는 마당에 나머지만 그대로 시온을 향할 줄이야.

그러고 보니 좀 전까지 느껴지던 마법사의 마력 파동도 느껴지지 않았다.

'그런 거였나.'

왜 여기서 이렇게 여유를 부렸는지 그 이유를 알 것 같았다.

순간 분한 마음에 손이 파르르 떨렸다.

"자, 이제 그런 일은 잊고 내게 집중하는 게 어때. 그래야 조금이라도 승산이 있을 텐데 말이야."

"……."

저 말이 틀리지 않다는 것은 잘 알고 있었다. 하지만 애초에 이델의 목적은 진홍의 기사단을 시온에 접근하지 못하게 하는 것이었다.

그것이 실패했다고 생각하니 모두를 볼 면목이 없었다.

'이렇게 되면… 저자의 목숨이라도 취한다.'

이번 전투에서 가장 위협적인 존재는 저 크노로스다. 저자만 없앤다면 조금은 해내지 못한 임무에 대한 책임을 질 수 있을 것이다. 이델은 그리 생각하며 죽을 각오로 싸울 준비를 했다.

그런데 이때! 그에게 익숙한 목소리가 전해졌다.

─어서 그 자리를 이탈하게.

생각을 할 시간 여유도 없었다. 그저 목소리를 믿고 움직일 따름이었다.

"음?"

갑자기 이델이 물러나는 모습을 보고 크노로스는 눈썹을 꿈틀거렸다. 그러나 그의 관심이 이델에게 간 것은 그때뿐이었다.

"마법인가!"

돌연 하늘을 올려다본 크노로스는 자신들을 향해 쏟아져 내리는 수십 발의 붉은 섬광을 볼 수 있었다.

잠시 뒤. 힘의 충돌로 인해 공터로 변했던 대지는 그보다 몇 배는 더 큰 파괴에 의해 쑥대밭이 되고 말았다.

\*    \*    \*

뜻밖의 조력으로 몸을 빼낼 수 있었던 이델은 자신을 구해 준 이가 있는 곳에 도착했다.

"로스틴 님."

―간신히 늦지 않은 모양이군.

후드 안으로 붉은 안광을 번뜩이며 로스틴은 말했다.

워낙 경황이 없어 잠시 로스틴이 있다는 사실을 잊었던 이델은 그에게 어떻게 이곳에 왔는지부터 물었다.

"제가 여기 있는지 어떻게 아셨습니까."

―전에 내가 마력을 자네에게 주입한 적이 있지 않나. 그 마력의 파장은 아무리 멀리 있어도 내게 추적이 된다네.

"그런 겁니까."

레비아탄과의 싸움 이후 돌아오는 길에 이델은 로스틴을 통해 마력 치환으로 꽤 많은 마력을 얻은 적이 있었다. 그게 이런 식으로 도움이 될 줄이야. 황당할 따름이었다.

"로스틴 님, 지금은 여기보다 시온이 더 위급합니다. 어서……."

―말 안 해도 알고 있네. 이미 이곳에 오기 전에 내 휘하의 군대를 보냈네. 아마 지금쯤 그들과 충돌하고 있을 거네.

"정말입니까."

로스틴이 거느린 언데드 군단이 진홍의 기사단을 막아주고 있다는 사실에 이델은 일단 안심했다.

쿠와아앙!

이때, 거대한 폭발음과 함께 아까의 공터에서 폭풍이 불어왔다.

동시에 강력한 오러의 기운이 폭사되어 이델과 로스틴이 있는 곳까지 전해져 왔다.

"이 기운은……."

이델은 지금 느껴지는 기운이 크노로스의 것임을 알아챌 수 있었다.

그리고 그것이 아까보다 더 강해진 것도 눈치챘다.

로스틴이 부리는 언데드들이 앞서 진격한 진홍의 기사단을 상대로 시간을 벌어준다고 하면 그쪽은 잠시 안심해도 될 것이었다.

이델은 로스틴에게 말했다.

"로스틴 님은 가서 언데드들을 조종해서 적의 진격을 좀 더 막아주십시오."

─그럼 자네는?

"전 여기서 저자를 막아야 합니다."

─적은 강하네.

"알고 있습니다."

한 번 도움을 받아 살아남은 처지에 이런 말을 하는 것이 만용으로 보일 수 있을 것이다. 하지만 지금은 아까와 다르다.

마음의 부담을 덜 수 있게 된 지금 아까 크노로스의 말처럼 집중하지 못했던 것을 극복할 수 있게 되었다. 지금이라면 아까와 다르게 싸울 수 있을지도 모른다.

이델은 다시 한 번 말했다.

"그쪽을 부탁드리겠습니다. 단 1분이라도 좋으니 적들이 시온으로 가지 못하게끔 막아주십시오."

―알겠네. 자네의 뜻, 확실히 전해받았네. 내 이름을 걸고 모든 힘을 다해 마족들이 앞으로 나가지 못하게 할 것이야.

이렇게 말한 로스틴은 떠나기 전, 이델에게 각종 보조 주문을 걸어주고 빠르게 숲 저편으로 사라져 갔다.

"나와라!"

크노로스의 외침이 들려왔다.

그렇지만 이델은 숲 밖으로 나가지 않고 기다렸다.

콰가가각!

선홍빛 오러가 나무들을 분쇄하며 질주한다. 그 위치는 이델이 있는 곳에서 얼마 떨어지지 않은 곳이었다.

그럼에도 이델은 기척을 죽이고 기다렸다. 빠른 뜀걸음 소리가 점점 가깝게 들려왔다. 이델이 도망쳤다고 판단한 적들이 움직인 것이었다.

'와라.'

적의 모습이 드러나기를 이델은 숨 죽여 기다렸다.

이윽고 수풀을 해치고 붉은 갑주를 입은 오크가 모습을 드러냈다.

"창공검!"

투명화 주문을 받은 이델은 성검에 창공검을 부여했다. 이 행동으로 투명 상태가 풀렸지만 상관없었다.

"큭! 여기 있었나."

오크는 바로 오러를 끌어 올려 자신을 향해 맹렬히 쇄도하는 이델에게 대항코자 했다.

그런 상대를 보며 이델은 성검을 앞으로 내밀었다.

"스카이 레인!"

검신에 전개된 창공검이 무수히 분열되어 적에게로 날아갔다.

창졸간에 날아든 무수한 오러의 파편을 막고자 오크는 오러 가드로 전신을 보호했다.

이때, 이델은 상대와의 거리를 최소한으로 만들고 변칙적인 공격을 시도했다.

"포스 어설트 스파이럴!"

성검으로 상대의 가슴을 노리면서 주문을 발동시켰다. 그러자 검 끝에서 새하얀 마법이 회전하며 방출되었다.

마법은 상대의 몸에 쳐진 오러 가드와 격돌했다. 서로의 기운이 상쇄되어 갔다. 그러면서 방어에 허점이 생겼다.

"핫!"

이델은 마법의 기운이 부딪치는 그 지점으로 성검을 힘껏 찔러 넣었다.

푸욱.

성검은 단번에 갑옷을 뚫고 상대의 심장을 정확히 꿰뚫었다.

"말, 말도 안 되는……."

어이없다는 눈빛을 하며 오크는 바닥에 쓰러졌다.

쓰러지는 시체에게서 이델은 성검을 바로 빼냈다. 그리고 몸을 돌리면서 마법을 난사했다.

"스플래쉬 비트!"

"크앗!"

등 뒤를 노렸던 적이 빛의 광탄에 연달아 얻어맞아 주춤 밀려난다.

이번 적 또한 오러 유저였다. 섣불리 상대할 수 없는 까다로운 적이었다.

이델은 이동하면서 기도문을 외웠다.

"로이아스시여, 제게 강대한 적을 상대할 힘을 내려주소서."

이델이 지금 펼친 신성 주문은 보통의 전사를 오러 유저만큼 육체적 능력을 끌어 올릴 수 있는 주문이었다.

원래 용사인 이델은 오러 능력과 상관없이 신의 은총으로 한층 더 전투 능력을 끌어 올릴 수 있었다. 하지만 여태까지는 한정되어 있는 신성력을 아끼기 위해 이 수단을 쓰지 못했다.

하지만 이 싸움에서 지면 모든 게 수포로 돌아가기에 뒷일은 잊고 아껴둔 힘을 개방한 것이었다.

파앗!

백색의 신성력이 하늘빛 오러와 섞이면서 이델의 움직임이 순간 엄청나게 빨라졌다.

"아닛?"

방금까지 이델을 추적하던 적은 오러 유저인 자신의 감각으로도 쫓기 어려운 움직임을 내는 이델을 보고 경악했다.

급히 남색의 오러가 덧씌워진 시미터를 사방팔방으로 휘둘러 빠르게 움직이는 이델을 공격했지만 그 공격은 번번이 빗나갈 뿐이었다.

공격을 피하면서 이델은 상대에게로 다가갔다.

"공파참!"

하늘빛의 참격이 연달아 적에게 날아갔다. 아쉽지만 신성력으로는 오러 능력을 증강시킬 수 없어 위력은 전과 같았다.

하지만 그것은 큰 문제가 아니었다.

날아드는 공격을 받아쳐 내느라 발이 묶인 적에게 다가간 이델은 성검을 어지러이 휘둘렀다.

카앙!

검을 받아내는 적인 홉고블린의 표정이 일그러졌다.

가볍게 베고 찌르는 공격처럼 보였지만 그 일격, 일격이 생각보다 무거웠기 때문이었다.

숨 한 번 내뱉고 쉬는 사이에도 수차례 검이 오고 갔다.

아까처럼 의외의 한 방을 먹이기엔 상황은 적절하지 못했다.

'길게 싸울 시간이 없다.'

이리 생각한 이델은 평균적인 오러 유저보다 강화된 자신의 육체를 믿고 평소엔 감히 엄두도 내지 못했던 검술 동작들을 펼치며 상대를 압도하기 시작했다.

"으, 으윽."

"끝이다!"

상대가 이쪽의 공격을 완벽히 막아내는 시점에서 이델은 승부를 결정짓는 일격을 힘껏 펼쳤다.

수직으로 내려 그은 검격에 상대의 오른팔이 허공으로 날아올랐다.

저항할 수단을 잃은 홉고블린은 자기 목숨이라도 건사하

기 위해 부리나케 달아나려 했다. 하지만 오러 유저 정도 되는 적을 그냥 보낼 수는 없었다.

"탓!"

에어 워크로 높다란 나무 위로 뛰어오른 이델은 재차 그보다 더 높은 하늘로 날아올랐다.

잠시 거대한 숲이 보이는 곳까지 올라간 이델은 달아나는 홉고블린이 있는 방향으로 쏜살같이 떨어져 내려갔다. 그의 몸이 하늘빛 오러에 감싸였다. 직후에 그 오러는 모두 검에 응축되었다.

"천공섬!"

검에 응축되었던 오러가 거대한 참격이 되어 숲을 갈랐다.

참격을 마친 이델은 중력의 힘에 의해 자연스럽게 나무 사이로 떨어졌다.

지상에 내려온 이델은 신성 주문을 펼쳐 자신의 기력을 회복하였다.

그러자 한결 몸이 편해짐을 느낄 수 있었다. 하지만 한편으로 불안감도 가졌다.

'이 상태를 유지하는 것은 앞으로 30분이 한계인가.'

그 뒤에는 신성력이 고갈되어 더는 신성 주문을 유지할 수 없을 것이었다.

"크노로스를 빼도 적 오러 유저는 아직 셋이나 남은 건
가."

크노로스를 먼저 상대할지 아니면 나머지 오러 유저를 처
리할지 잠시 고민되었다. 그러나 그 고민은 그리 길게 이어지
지 못했다.

"찾았다."

음산한 목소리가 등 뒤에서 들려왔다.

이델은 몸을 반쯤 돌리며 신음과도 말을 내뱉었다.

"크노로스……."

이델이 본 곳에는 아까와 다르게 선홍색 오러를 섬뜩할 정
도로 피워내는 분노한 크노로스가 있었다.


*　　　*　　　*


크노로스는 보통 때와 분노할 때의 모습이 매우 다른 남자
였다.

평소에는 전투를 즐기고 강자에 대해서는 나름 배려하는
모습을 보이지만 한 번 분노로 눈이 뒤집히게 되면 인성이
180도 바뀌어 아주 잔인한 성격이 되어버리곤 했다.

실제로 한 번은 그 때문에 함께 작전한 다른 부대 수백 명
의 마족을 제 손으로 죽이고 그 피를 직접 받아 마신 적도 있

었다.

지금 크노로스는 자신이 만끽했어야 할 즐거운 싸움을 못
한 것에 분노해 있었다.

"감히 나와 싸우다가 도망을 쳐? 이 빌어먹을 인간 종자
가!"

내뿜는 분노에 의해 선홍빛 오러가 갑자기 일부 분리되어
이델에게로 쏟아졌다.

쾅! 콰앙!

이델이 피한 장소로 떨어진 오러는 연달아 폭발을 일으켰
다.

"죽여주마!"

광폭하게 변한 크노로스가 돌진해 왔다. 그가 지나는 자리
마다 무참한 파괴가 연쇄적으로 벌어졌다.

그 모습을 본 이델은 급히 거리를 벌리기 위해 반대편으로
뛰었다. 그러면서 뒤를 돌아 자신을 쫓는 크로노스를 보았
다.

'무슨 성격이 저렇게 달라질 수가 있는 거냐고. 완전히 광
전사 같잖아.'

정면으로 상대하기가 겁날 정도의 무시무시한 기세였다.
하지만 그렇다고 마냥 피할 수는 없었기에 이델은 커다란 나
무 기둥을 밟고 방향을 틀었다.

"미러 이미지."

이뎰은 마법으로 여러 개의 환영을 떠우고 크노로스의 측면으로 접근을 시도했다.

이를 눈치챈 크노로스는 연달아 참격을 뿌렸다.

"큭!"

환영들이 오러에 의해 소멸되는 가운데 이뎰도 참격 하나를 정면으로 받아내야 했다.

공격에 담긴 힘이 너무 강해 겨우 버티는 게 고작이었다.

"크하핫! 죽어랏!"

광소와 함께 크노로스가 다가와 대검을 수직으로 휘둘렀다.

막을 수 없다는 생각에 옆으로 피했지만 땅에 가해진 충격으로 솟구친 무수한 돌의 파편을 온몸으로 받아내야 했다. 그래도 전개된 오러로 방어한 이뎰은 크노로스의 옆구리를 노리고 성검을 휘둘렀다.

공격은 정확히 명중했다. 그러나 크노로스가 입은 갑옷조차도 베지 못했다.

"하하핫! 소용없다!"

공격을 받고도 전혀 놀란 기색 없이 크노로스는 대검을 다시 들어 이뎰의 목을 향해 휘둘렀다. 풍압이 미칠 듯이 부는 가운데 대검의 칼날이 목에 거의 닿을 뻔했다.

허나 간발의 차이로 이델은 그 사이에 성검을 끼워 넣을 수 있었다.

"크헉!"

이델은 비명과 함께 꽤 멀리까지 날아가 처박혔다.

보조 마법을 왕창 받고 신성의 힘까지 빌려 육체를 강화했음에도 크노로스에게 밀린 것이었다.

한 번 쓰러졌던 이델은 자신 때문에 부러진 나무를 짚고 몸을 일으켰다. 그리곤 서서히 걸음을 옮기는 크노로스 쪽을 보았다.

'강해도 너무 강하잖아.'

당초 가졌던 생각과 달라도 한참 다른 크노로스의 끝 모를 강함에 이델은 치를 떨지 않을 수가 없었다.

방금 전 일격 때문에 로스틴이 걸어준 주문들은 다 깡그리 날아가 버렸다. 급한 대로 남은 마력으로 몇 가지 보호 주문을 걸고 검을 양손으로 잡았다.

싸울 자세를 취한 이델을 보더니 크노로스는 송곳니를 드러내며 달려들었다.

둘은 서로를 향해 검을 휘둘렀다.

콰앙! 쾅!

검이 부딪칠 때마다 폭음이 울리고 근처의 나무들이 압력을 이기지 못해 반대쪽으로 넘어졌다.

"그래, 바로 이거다."

자신의 대검을 연신 받아쳐 내는 이델을 보고 크노로스는 희열을 느끼는 표정을 지어 보였다. 분노와 희열을 동시에 느끼며 그는 더욱더 공세를 키워갔다.

이처럼 공격해 오는데 이델로선 도통 수가 보이지 않았다.

어떻게든 공격의 흐름을 끊지 않으면 서서히 압박되어 당할 게 뻔했다.

그때였다. 이델은 공격을 받아낸 직후에 갑자기 왼손을 앞으로 뻗었다.

"플래쉬!"

순간 이델의 손바닥에서 엄청난 섬광이 번쩍였다.

"으아아악!"

피할 길 없이 섬광을 바로 앞에서 본 크노로스는 두 눈을 한 손으로 가리며 괴로워했다.

한편, 섬광이 발생했을 때 눈을 감고 고개를 돌렸던 이델은 크노로스의 모습을 보곤 잠깐이지만 착잡한 표정을 지었다.

'이런 치졸한 수는 안 쓰고 싶었는데.'

명색이 용사씩이나 되어서 무인과의 싸움에 마법, 그것도 이런 야비한 수단은 쓰는 게 마음 편할 리 없다. 그렇지만 이 싸움은 단지 강자를 정하는 싸움이 아니다.

인간족과 빛의 종족들의 미래가 걸린 싸움인 만큼 비겁하더라도 이겨야 했던 것이다.

'지금이 기회다.'

시야를 잠시지만 잃은 지금의 크노로스라면 역전의 가능성을 찾아볼 수 있었다.

이델은 남은 육체 안의 기운을 모조리 성검에 집중시켰다.

'이 일격에 모든 것을 건다.'

최후의 선택을 한 이델은 아직도 눈을 감싼 크노로스를 향해 몸을 날렸다.

"거기냐."

비록 눈을 잠시 못 쓰게 됐지만 청각과 기감을 통해 이델의 접근을 안 크노로스는 허둥대던 것을 멈추고 오러를 끌어 올렸다. 일단 시야가 돌아올 때까지 시간을 끌 작정이었다.

이때! 마냥 달려들 것처럼 엄청난 속도로 뛰던 이델이 급제동을 하였다.

"뭣?"

예상하지 못한 이델의 행동에 크노로스의 인상이 와락 일그러졌다.

이델이 노린 건 크노로스가 아닌 그가 발을 대고 있는 지면이었다.

"하아앗!"

성검을 기합과 동시에 땅에 꽂으니 지면이 쭉쭉 갈라져 갔다.

눈으로 볼 수 없었지만 오러의 기척과 그리고 땅의 흔들림으로 상황을 파악한 크노로스는 재빨리 몸을 공중으로 띄웠다.

그것이 바로 이델이 노렸던 진짜 목적이었다.

"창공의 궤적!"

이델은 자신의 궁극기를 공중에 떠 있는 크노로스에게 날렸다.

"크윽, 이건."

보이지 않았지만 크노로스는 느낄 수 있었다.

진심을 다하여 막지 않으면 안 될 거대한 기운이 자신을 노리고 있음을 안 크노로스는 한껏 끌어 올려진 오러를 통해 그만의 최강 기술을 만들어냈다.

"블러드 윙!"

붉은 날개처럼 선홍빛 오러가 대검에서 전개되어 아래로 전개되었다.

이윽고 거대한 힘이 중간에서 충돌한다.

콰콰콰쾅!

충격파로 인해 인근의 모든 나무들이 꺾어지고 박살 난다. 이런 가운데 충돌하는 힘은 점점 커져갔다.

"크윽."

전개한 청공의 궤적을 지탱하던 이델의 표정이 점차 일그러졌다. 크노로스가 지닌 방대한 오러는 창공의 궤적의 힘을 역으로 밀어내기 시작한 것이었다.

이에 이델은 체내에 남은 힘이란 힘은 죄다 뽑아내어 창공의 궤적에 보탰다. 거기에 하늘에서 흡수하는 힘이 더해지니 다시 조금씩 힘의 균형이 바뀌기 시작했다.

그러자 이번에는 크노로스의 표정이 변하였다.

"감히 잘도!"

크노로스에게 있어 여기서 피한다거나 하는 것은 자존심이 크게 상처 입는 행위였다. 절대 한 발도 물러서지 않겠다는 듯 그는 이델이 했던 것처럼 남은 힘을 모두 자신의 궁극기에 쏟아 넣었다.

콰과광!

파괴의 범위는 점점 커져가고 공중에 뜬 크노로스나 지상에 있는 이델 모두 한계까지 치달았다.

크노로스의 블러드 윙과 이델의 창공의 궤적. 두 개의 힘이 이런 식으로 물러나지 않고 맞부딪친다면 결국 한계점에 도달해 거대한 파괴력으로 화할 것이었다.

지금까지 벌어졌던 파괴의 몇 배에 달하는 파괴가 일어나게 될 것이었고, 그리되면 이 자리에 있는 두 사람 다 무사할 수 없을 것이었다.

'공멸인가. 그것도 나쁘지는 않지만, 그래도 마왕이 아닌 자와 하기엔 억울한 감이 좀 있는데.'

이델은 이 와중에도 속으로 자조적인 농담을 하곤 위를 응시했다.

뭔가 역전의 수 같은 게 없을까. 마지막 가능성을 쫓던 이델의 눈앞에 하나의 작은 돌파구가 보였다.

'저것이라면?'

이델이 본 것은 다름 아닌 두 오러가 부딪치는 곳의 중심점이었다. 가장 힘이 집중된 그곳을 노린다니. 보통이라면 제정신으로 할 수 있는 행위가 아니었다.

하지만 이델은 저기가 바로 승패를 가를 수 있는 유일한 돌파구라 믿었다.

'해보자.'

이델은 계속해서 창공의 궤적을 유지시키면서 마력을 개방했다.

"썬더 스톰!"

순간 성검을 통해 무수한 전격이 앞으로 날아가 곧 창공의 궤적에 섞이기 시작했다.

보통이라면 반발했겠지만 이델의 오러는 다른 속성과 달리 유독 뇌 속성과는 궁합이 잘 맞아 그렇게 큰 반발을 일으키지 않았다.

곧 하늘빛 커다란 궤적 사이로 전격들이 몰아치면서 블러드 윙과 격돌했다. 그 때문일까, 아까 이델이 본 중심점의 흐름이 살짝 일그러져 있었다.

"후으읍."

길게 숨을 들이마신 이델은 그대로 중심점이 있는 곳을 향해 힘껏 몸을 띄웠다.

그 모습을 본 크노로스는 미간을 힘껏 찡그리며 외쳤다.

"자폭이라도 할 셈이냐!"

"아니. 이기기 위해서다."

주변의 소음에도 아랑곳 않고 크로노스의 물음에 바로 응수하였다. 그러면서 자신이 전개한 창공의 궤적 안으로 몸을 집어넣었다.

"크윽."

아무리 자신에게서 비롯된 힘이라도 이미 파괴력을 가진 존재로 변한 오러는 시전자인 이델에게 지속적으로 충격을 주었다.

그것을 몸소 감당해 내면서 이델은 성검을 중심으로 의지력을 통해 주변의 힘을 거둬들이려는 시도를 했다.

이런 식으로 해본 적은 실제로 한 번도 없었다. 거의 도박이나 다름없는 시도였다. 하지만 놀랍게도 도박은 성공이었다.

'됐다!'

검에 방전하는 하늘빛 오러가 깃들었다. 곧 그 형태가 창공검의 모습을 취했다.

뇌공검(雷空劍).

이델은 새로운 형태의 힘을 담은 성검을 그대로 자신이 보아둔 중심점을 향해 있는 힘껏 휘둘렀다.

"천공섬!"

휘둘러진 검의 궤적을 따라 거대한 힘이 발한다.

"이, 이건!"

노란 뇌전을 품은 하늘빛 참격이 힘의 중심점을 찢고 자신을 향해 날아오는 모습을 본 크노로스는 경악을 금치 못했다.

본능적으로 대항을 하려 했지만 이미 늦은 뒤였다.

"으, 으아아아아!"

크노로스의 비명이 들린다. 하지만 그 소리는 이내 거대한 폭음에 의해 지워져 버리고 말았다.

"하하, 됐다."

힘을 다 쓴 상태로 이델은 머리부터 아래로 추락해 갔다.

이대로라면 부상을 피할 수 없을 것이었다.

파앗!

나뭇잎 사이에서 누군가가 튀어나왔다. 나타난 이는 떨어지는 이델을 받아들곤 민첩하게 아래로 착지하였다.

"캐넌?"

"무사해서 다행이야."

눈물을 글썽이는 캐넌의 모습에 이델은 순간 실소를 참을 수 없었다.

"진작 도왔어야 했는데 그러지 못했어."

"아냐. 덕분에 내가 무사했는걸."

진심으로 말하며 이델은 캐넌의 머리를 부드럽게 쓰다듬어 주었다.


\*　　　　\*　　　　\*


―저주받을 마족들.

―죽이고 또 죽이리라.

온몸의 뼈가 바스러질 때까지 덤벼드는 해골 군단은 진홍의 기사단을 악착같이 붙잡아두고 있었다.

"겨우 해골 따위가 앞길을 막다니."

크노로스를 대신해 진홍의 기사단을 이끌고 있던 제레미

안은 매우 신경질적인 반응을 보이며 이를 부득 갈았다.

"다른 군단은 아직도 목적지에 당도하지 못했나."

"도처에서 방해가 있어 아직 저희보다 앞선 부대는 없는 것 같습니다."

제레미안의 분노를 가까이서 본 부관은 벌벌 떨며 대답했다.

기대에 어긋난 답변에 제레미안은 고운 얼굴을 더욱 구겼다. 이 와중에도 해골 병사들은 끊임없이 달려오고 있었다.

―죽어서도 너희는 쉽게·안식을 얻을 수 없을 것이다. 자, 일어나라!

해골 병사들에게 어둠의 마력을 주입해, 쓰러져도 바로 부활시키고 죽은 마족을 좀비로 되살리며 로스틴은 붉은 안광을 더욱 빛냈다.

이때, 그를 노리고 무수한 섬광이 날아들었다.

투콰콰쾅!

폭발이 요란하게 벌어지고 일대가 초토화되었다. 그러나 그곳엔 이미 로스틴의 모습이 보이지 않았다.

―아이스 스톰.

폭발이 있었던 장소에서 좀 떨어진 곳에 모습을 드러낸 로스틴은 냉기의 마법을 펼쳤다. 그 마법은 다수의 기사들에 의해 보호받는 마법 병단을 향했다.

"디스펠!"

"레지스턴스 오브 콜드."

방어를 하며 마법 병단의 마법사들은 로스틴을 향해 각종 마법을 난사했다.

콰쾅! 쿠콰콰쾅!

한두 명도 아니고 수십 명이 모여 한꺼번에 공격하니 로스틴은 피하는 쪽으로 방어를 하였다.

비행 주문을 걸고 열심히 마법을 피하는 그를 향해 밤색의 오러를 뿜어내며 오크가 달려왔다. 거리가 어느 정도 가까워지자 그는 투척용 도끼에 오러를 담아 연달아 그것을 던졌다.

빠르게 날아드는 도끼를 본 로스틴은 재빨리 방어 주문을 펼쳤다.

폭음과 동시에 방어막과 투척용 도끼가 충돌했다.

"하앗!"

로스틴에게 근접한 상대 오러 유저는 들고 있던 배틀 엑스를 수평으로 크게 휘둘렀다.

날아든 일격에 로브가 찢어지고 로스틴의 육신이 갈라졌다.

"크하하, 해치웠다."

상대는 로스틴을 죽였다고 판단했다. 몸을 반으로 잘랐으니 그리 믿을 법도 했다. 허나, 로스틴은 그깟 칼질 한 번에 죽을 자가 아니었다.

―어리석은 자여, 사라져라.

상체만 떠오른 상태에서 로스틴은 강력한 폭열 주문을 상대에게 날렸다.

지근거리에서의 공격이었기에 피하고 자시고 할 틈도 없었기에 상대는 큰 부상을 입고 쓰러져야만 했다.

"부로탄 경이 당했다."

"저 괴물이!"

마족에게 괴물이라는 다소 불명예스러운 칭호로 불림을 당했지만 로스틴은 전혀 개의치 않고 마력을 뿜어냈다. 그러자 떨어졌던 그의 하체가 저절로 붙었다.

몸을 붙인 후 로스틴은 다시 언데드들을 조종해 진홍의 기사단을 압박하는 한편, 상대 마법사들을 견제했다.

진홍의 기사단이 발이 묶인 동안 다른 침공군 역시 좀처럼 앞으로 나아가지 못했다.

이올라와 이노센트 라이트가 필사적으로 유격전을 펼친 성과였다.

이들이 이렇게 피를 흘리며 시간을 버는 동안 시온에서는 반격 준비를 거의 끝내놓았다. 그리고 한편에서는 이번 일의

발단이 된 사건을 정리하기 위해 원치 않은 전투가 벌어지고
있었다.

*　　　*　　　*

　세계수를 두고 엘프들과 엘프가 아닌 자들이 서로 싸우고
있다. 바로 어제만 해도 한편이었지만 이들은 사정 봐주지 않
고 상대를 쓰러뜨려 갔다.

　전장 한가운데엔 군터가 있었다.

　"그가 정말 우리를 배신한 것인가."

　"그렇습니다, 카디엘 님."

　군터의 대답을 들은 카디엘은 착잡한 표정을 지우지 못했
다. 이번에 벌어진 사태가 전부 자신과 같은 동족이라는 사실
이 너무나도 안타까웠던 것이다.

　이러한 카디엘을 보며 군터는 다분히 사무적으로 말을 하
였다.

　"곧 있으면 침략군이 이곳에 당도하게 될 것입니다. 그전
에 세계수의 결계를 활성화하지 않는다면 이곳을 지킬 수 있
을지 장담할 수 없습니다."

　"으음."

　"지금 평의회의 의원 중 살아 계신 분은 총 네 분뿐입니다.

그중에 세계수에 대한 긴급 접촉 코드를 가지신 건 카디엘 님 뿐입니다."

"……."

군터의 말에 카디엘은 무거운 침묵을 보였다.

세계수에 대한 권리는 지금껏 이곳의 원래 주인이었던 에울로타 일족에게 있었다.

그러나 평의회는 암암리에 자신들의 권리를 주장하는 그들을 견제해야 한다고 판단했고, 극비리에 일족 몰래 세계수에 대한 접촉 코드를 빼내 보유하고 있었던 것이다.

현재 마족의 암살 행위로 다수의 평의원이 사망하고 또 부상 입은 상황에서 이곳까지 온 것은 카디엘이 유일했다. 하여 군터는 직접 그를 전장이 된 세계수까지 데리고 온 것이었다.

"자넨, 그들을 어떻게 처리할 생각인가."

"그들이 평화적으로 항복하고 세계수에 대한 권리를 이양한다면 우선 구류 조치를 할 것입니다. 그들에 대한 처벌은 이 싸움을 무사히 끝마친다면 그때 생각해 볼 것입니다. 하지만 저들이 끝까지 맞설 각오로 저항한다면 결단을 내릴 것입니다."

세계수 안에서 농성하는 이들에게 시간을 할애할 여유 같은 것은 없다고 못을 박는 군터의 표정은 매우 담담할 따름이었다.

처음부터 그는 희생을 각오하고 있었던 것이다.

이러한 군터의 속내를 알게 된 카디엘은 작게 한숨을 쉰 뒤 장벽으로 쳐져 있는 세계수의 결계로 다가갔다.

"저분을 엄호해라."

"예!"

군터의 말에 방패를 든 병사들이 카디엘을 지켰다.

카디엘은 천천히 걸음을 옮겨 결계에 손을 댔다. 그리고는 고대 엘프어를 읊기 시작했다.

"델핀 엘코드 샤 라파드."

강제 제어 코드가 발동되고 앞으로의 진입을 막고 있던 결계의 일부가 해체되어 통로가 생겼다.

그를 본 군터는 손을 들어 신호를 보냈다.

"가자."

"예, 바이슨 경."

수비대에 속한 오러 유저 중 한 명인 구레나룻이 긴 갈색 머리 남성이 앞장서고 그 뒤를 수비대 중에서도 정예로 손꼽히는 제1중대가 따랐다.

쉬잉!

세계수의 공동으로 통하는 굵다란 뿌리를 타고 오르는 수비대 병사들을 향해 화살들이 쏟아졌다.

"컥!"

목덜미에 화살이 꽂힌 병사 하나가 아래로 떨어진다. 수비대 병사들은 다급히 방패를 들어 화살을 막았지만 계속해 쏟아지는 화살 비로 인해 병사들의 발은 묶여버리고 말았다.

"결국 피를 보겠다는 거군."

화살 비에도 전혀 물러섬 없이 앞에 서 있던 바이슨이 오러를 전신으로 발하며 위로 뛰었다.

오러 유저답게 수십 미터를 불과 몇 초 만에 돌파한 그는 화살을 쏘는 엘프 궁수들을 향해 위협적인 공격을 가할 수 있는 위치에 도달하였다.

그런데 그때 훼방꾼이 등장했다.

콰앙!

"크으윽."

폭발력이 있는 공격에 휘말렸던 바이슨은 오러로 몸을 보호한 뒤 공격이 날아온 방향을 노려봤다. 그가 본 세계수의 가지 위에는 한 명의 엘프가 있었다.

상대를 확인한 바이슨은 분노를 담아 소리쳤다.

"모습이 보이지 않아 설마했는데 역시 우리를 배신한 건가, 마티엘!"

"……."

활을 거두면서 아래를 내려다보는 엘븐 가드 마티엘의 얼굴은 딱딱하게 굳어 있었다.

마티엘은 본래 이 반란 계획과 관계가 없었다.

하지만 그는 이 일이 실패하면 자신이 속한 에울로타 일족이 숙청당할 것을 염려해 뒤늦게 엘크란의 편에 선 것이었다.

몇 안 되는 오러 유저 중 한 명이 적으로 돌아섰으니 참으로 참담한 일이 아닐 수 없었다.

아무튼 이런 속사정을 알 리 없는 바이슨은 거침없이 말을 해댔다.

"마족에게 영혼을 판 개 같으리라고. 널 베겠다!"

"이해해 달라는 말은 하지 않겠다."

"닥쳐라!"

바이슨이 먼저 몸을 움직이며 무거운 일격을 날렸고 그것에 대항해 마티엘이 격돌했다.

그 와중에 뒤에 있던 군터가 앞으로 나서 신목의 지팡이가 있는 곳으로 향했다.

"쏴라."

지휘관의 명령에 화살이 쏟아지고 정령과 마법의 힘이 날아들었다.

"프로텍트 쉘!"

군터의 어깨 위에 앉아 있던 소인족 마법사 파피오는 재빨리 마법을 전개해 날아오는 공격들을 모두 차단했다.

"와아아!"

"저들이 세계수 안으로 들어가지 못하게 막아야 한다."

수비대와 에울로타 일족 엘프들 간에 피 튀기는 혈전이 펼쳐졌다.

전체적으로 숫자는 수비대 쪽이 많았지만 저항이 녹록치 않아 쉽게 앞으로 나아가지 못했다.

게다가 아무리 겉으로는 적이라 표방해도 오랜 시간 같은 편이었다는 사실은 가슴속 깊숙이에 각인처럼 남아 있었기에 서로 결정적인 공격을 하지 못하고 시간은 지체되었다.

스릉.

군터는 검을 들고 수비대 병사들의 앞으로 나아갔다. 곧 그의 검에서 오러가 방출되고 일검이 크게 휘둘러졌다.

"으아아악!"

"아악!"

비명과 함께 에울로타 일족 엘프들이 피를 뿌리며 쓰러져 갔다.

군터는 그야말로 한 점의 자비도 보이지 않고 엘프들을 베고 또 베었다. 그러한 모습은 같은 편에게조차 두려움을 안겨 줄 정도였다.

"군터 총대장."

"엘크란."

상황이 여의치 않게 되자 세계수 안에서 나온 엘크란은 자신이 꾸민 일이 허사로 돌아갔음에도 불구하고 동요하는 빛하나 없이 의연하게 군터를 바라보았다.

군터는 자신의 앞에 선 엘크란을 보며 말했다.

"지금 투항하면 이번 일에 가담하지 않은 일족에 대한 안전을 약속하겠다."

"그런 선택을 하기에는 이미 우린 넘지 말아야 했던 선을 넘은 것 같습니다. 사실 전 이 계획이 제 생각대로 될 것이라 여겼습니다. 하지만 제가 어리석었던 모양입니다. 아마도 우리의 힘을 너무 과소평가했던 게 계획의 실패를 만든 것이겠죠."

"아직 늦지 않았다."

군터의 말에 엘크란은 고개를 살짝 가로저었다. 일족의 미래를 위해 이름이 더럽혀질 것을 각오하고 벌인 일이 결국 한때 동료였던 이들의 손에 의해 좌절되었다는 사실에 그는 이미 마음이 꺾인 뒤였다.

그러함에도 엘크란은 군터의 말을 받아들이지 않았다.

"이미 늦었습니다. 마족들은 이 땅을 침범했고 그로 인해 많은 피가 흘렀습니다. 그렇게 만든 저는 이미 죽어 마땅한

죄인이라는 사실은 모두가 잘 알고 있는 바입니다. 그런데 그런 제가 선처를 바라겠습니까."

"그럼 여기서 끝까지 우리의 길을 가로막다가 죽겠다는 것인가."

"후후. 당신의 검에 죽는다면 나쁘지 않겠죠. 다만 순순히 죽을 마음은 없습니다. 반역자는 반역자답게 최후까지 저항하다 죽어야 하지 않겠습니까."

엘크란은 처연한 목소리로 말을 끝마친 뒤 자신의 애검을 들었다.

그 모습을 본 군터는 오러를 거뒀다. 그것은 그가 한때 부하였던 엘크란에게 베풀 수 있는 최대의 호의였다.

"하아아앗!"

엘크란은 빠른 움직임으로 군터에게 다가가 날카로운 찌르기를 속사처럼 쏟아냈다.

군터는 날아드는 찌르기를 피하면서 검을 앞으로 힘껏 내밀었다.

이에 엘크란은 허리를 젖히면서 옆으로 피한 다음 다시 검을 날렸다.

챙! 챙!

짧은 시간 동안 무수한 검격이 오고 갔다.

혼신의 힘을 쏟는 엘크란과 그런 그를 상대하는 군터의 모습은 매우 진지했다.

그렇게 두 사람은 짧은 시간이지만 치열하게 싸웠다. 그리고 얼마 안 가 승패가 났다.

"커헉!"

군터의 검이 엘크란의 몸을 훑고 지나갔다.

비틀거리는 엘크란을 향해 군터는 서슴없이 두 번째 일격을 가했다.

털썩.

엘크란은 서 있던 자리에 무릎을 꿇고 주저앉았다. 벌어진 상처에서 피가 배어져 나와 무릎이 닿고 있는 세계수의 줄기를 물들였다.

죽음이 닥쳐온 상황에서 엘크란은 자신의 옆에 선 군터를 올려다보며 부탁의 말을 하였다.

"이… 이 일에… 개입한 이들을 빼면… 모두 죄가 없는 선량한 자들… 입니다. 부디… 그들에게만큼은… 선처를……."

"죄를 짓지 않은 자들에게 부당하게 죄를 묻지 않겠다."

군터의 대답에 엘크란은 잠시지만 희미한 미소를 지었다. 그런 그의 입가에서 주르륵 피가 흘러내렸다.

"그리고 이것을……."

힘들게 품 안에 손을 넣어 붉은 보석을 꺼냈다. 보석에는 다수의 마법진이 정교하게 새겨져 있었다.

"지금이라면 늦지… 않을… 겁니다. 그것을 사용해 마족들을……."

그 뒤의 말은 너무나 작게 들렸기에 군터는 엘크란의 입가에 귀를 가져다 대어야 했다.

그렇게 약간의 시간이 흐르고 군터는 엘크란의 손에서 붉은 보석을 꺼내며 숙였던 몸을 일으켰다. 무릎 꿇은 상태로 엘크란은 숨을 거둔 것이었다.

"후, 이제야 끝났군."

"너……."

마티엘은 스스로 뛰어들어 바이슨의 검에 찔렸다. 그 역시 엘크란처럼 모든 죄를 짊어지고 죽음을 선택한 것이었다. 그리고 신목의 지팡이가 있는 공동에선 대마법사 라피엘이 싸늘한 시신으로 발견되었다.

이로써 이번 사태를 일으킨 주범들은 모두 죽었다. 하지만 사태 자체는 끝나지 않았다.

"결계를 원상태로 바꿔주십시오."

"알겠네."

카디엘은 신목의 지팡이에 손을 대고 접속 코드를 말하였다.

그러자 세계수 인근으로만 한정되었던 결계가 다시 확장

되어 도시 전체를 아우르게 되었다.

군터는 자신의 손에 들린 피 묻은 붉은 보석을 응시했다.

                    *         *         *

세계수의 결계가 다시 펼쳐지기 바로 전, 마왕군은 이미 시온까지 도달한 상태였다.

"쏴라!"

"막아랏!"

집결한 수비대와 숲을 지키는 엔트들이 셀 수 없이 몰려드는 마왕군을 상대했다.

"파이어 스톰!"

폭염이 휘몰아치고 온갖 마법들이 난사된다.

마족 측 마법사들의 집중 공격에 수비대의 마법사들은 결사적으로 방어 주문을 전개해 병사들을 지켰다. 하지만 피해를 막을 수 없었다.

"아아악!"

"물러나면 안 된다! 우리가 물러나면 마지막 우리의 터전이 사라지고 만다."

지휘관들의 독려 속에 병사들은 마법이 연신 쏟아지는 상황에서도 물러서지 않고 앞에서 달려드는 마족 병사들을 상대하였다.

"죽엇!"

"카아!"

처음에는 나름 수비대가 분전하여 마족 병사들을 밀어붙였다.

그러나 유격전 때문에 뒤처진 병력들이 속속 도착함에 따라 점점 전선이 밀리기 시작했다.

하지만 이때, 갑자기 마왕군의 후방이 시끌시끌해졌다.

"비켜!"

혈혈단신으로 마족들을 베며 이델은 앞으로 나아갔다.

이렇게 혼자 돌입한 것은 마왕군이 시온의 경계선을 돌파했기 때문이었다.

현재 로스틴의 언데드 군단이 나름 호투를 벌이고 있지만 소모가 너무 커 오래 버티지 못하는 상황이라 우선 이델은 먼저 시온 안으로 들어가 군터와 의견 조율이 필요하다고 판단했다. 하여 캐넌을 통해 이올라에게 자신의 생각을 전하고 혼자 적진 한가운데로 뛰어든 것이었다.

"인간!"

거대한 덩치의 오우거가 할바드를 휘둘러 온다. 그것을 상대하다간 발이 묶기고 말기에 이델은 가뿐히 피하면서 앞으로 그냥 지나쳐 갔다.

그렇게 수비대 병력들이 싸우는 곳까지 온 이델은 몸을 띄우고 반대로 돌려 마법을 사용했다.

"아이스 웨이브!"

순식간에 완성된 빙결의 파도가 다수의 마족을 덮쳤다.

그 덕분에 잠시 여유를 얻은 수비대 병사 중 한 명이 자신들의 곁으로 착지한 이델에게 감사를 표했다.

"고, 고맙소."

"천만에."

이델은 짧게 답하고는 곧장 후방으로 향했다. 전선에서 싸우기보다 우선 군터를 만나 다음 대책을 논의하기 위한 행동이었다.

"제 12수비대 괴멸 상태입니다."

"예비 병력을 12수비대 쪽에 더 투입해."

콰쾅!

후방에 있는 지휘 본부까지 마법 폭격이 이뤄지는 급박한 상황이었다.

그런데 여기에서 더 안 좋은 소식이 전해져 왔다.

"적, 오러 유저 출현! 총 3명입니다. 그리고 진홍의 기사단으로 추정되는 적도 공격에 가세했습니다."

"빌어먹을! 이쪽엔 오러 유저가 한 명도 없는데 3명씩이나 나타나다니."

오러 유저 개개인이 가진 무력을 생각하면 마법사 여럿을 포함한 다수 정예를 투입해야 한다. 그나마도 이렇게 해야 발을 얼마간 묶는 정도이다.

현재로선 그런 전력도 없어 수수방관할 수밖에 없었다.

그런데 바로 이때, 세계수의 결계가 확대되어 수비대와 마왕군이 싸우는 전장을 훑고 지나갔다.

"윽, 마법이."

마족의 마법사들은 마력이 제대로 운용되지 않자 혼란에 빠졌다. 세계수의 힘이 그들의 마력에 방해를 줬기 때문이었다.

그뿐만이 아니었다. 일반 마족 병사들도 갑작스럽게 변화를 맞이했다.

"크와아아!"

"카오!"

질서 정렬하게 싸우던 마족 병사들이 갑자기 짐승처럼 날뛰기 시작하였다. 세계 전체에 퍼져 있는 마왕의 힘이 갑자기 단절되면서 잠시간 옛날 시절처럼 이성보다 피를 갈망하는 본성이 우선시된 것이었다.

물론 그것을 억제할 수 있을 정도로 영성이 발달된 일부 오러 유저나 마법사는 그런 상태에 빠지지 않았다.

하지만 그들만으로는 엄청난 수의 병사를 전부 통제하지

는 못했다.

"결계가 다시 생성되었다."

가장 든든한 버팀목인 세계수의 결계가 정상으로 돌아오자 수비대 병사들은 크게 기뻐했다.

이때, 군터를 비롯한 세계수 쪽으로 향했던 병력이 도착했다.

놀랍게도 그 안엔 실종되었던 켄타우르스 오러 유저 아르단도 있었다.

아르단은 부상을 입었는지 앞발을 절룩거렸지만 전혀 아픈 기색을 보이지 않았다.

"오오!"

"다행이다."

두 명의 오러 유저가 도착하자 수비대원들 사이에 안도의 목소리가 나왔다.

"총대장님!"

절묘한 타이밍이라 봐야 할까. 이델이 군터가 있는 곳에 도착했다.

이델을 본 군터는 말했다.

"돌아온 것을 보니 기쁘군."

"아직은 죽을 때가 아니었던 모양입니다. 그나저나 적들이 이제 코앞에 닥쳐왔는데 이걸 어떻게 막느냐, 그것을 이야기하는 게 먼저일 것 같군요. 일단 제가 어찌어찌 우두머리 하나를 제거했지만 지휘 통제를 흔들기에는 무리였던 모양입니다."

"자네가 해치운 게 누구인가."

"진홍의 기사단의 크노로스라는 뱀파이어입니다."

그 말에 주변의 자들이 크게 술렁였다.

마족측 오러 유저 중 다섯 손가락 안에 꼽히는 강자인 크노로스를 모르는 자는 없었던 만큼 충격이 대단했던 것이다.

이델은 이런 사람들의 반응은 아랑곳 않고 군터에게 말을 걸었다.

"이대로라면 1,2시간 안에 뚫리고 말 것입니다."

"그렇겠지."

통제를 잃긴 했지만 엄청난 숫자의 마족 병사는 그 자체가 재앙이다. 지금 시온의 병력만으로 재앙을 막는 것은 확실히 역부족이었다.

이러한 사정을 모르는 이는 여기에 단 한 명도 없었다.

"방법은 있다."

침묵을 깬 군터를 모두가 보았다.

그 시선을 고스란히 받으면서 군터는 말없이 엘크란이 건넨 붉은 보석을 꺼냈다. 이델을 포함한 마법적 지식이 있는 자들은 이 보석이 뭔가 마법적 기능을 하는 아티펙트라는 것을 알아보았다.

군터는 평소의 목소리대로 말을 하였다.

"지금 상황을 타개할 방법은 한 가지뿐이다."

그리 말한 군터는 엘크란에게서 마지막으로 들었던 이야기를 꺼냈다.

처음에 기대 어린 시선을 보냈던 이들은 이야기가 진행될수록 창백한 표정을 짓게 되었다.

*　　　*　　　*

"크워어어어!"

"젠장! 피해!"

이성을 잃은 오우거는 자기편 따윈 안중에도 없이 무차별 공격을 해대며 앞으로 진격해 왔다.

이를 피해 수비대원들은 뒤로 물러날 수밖에 없었다. 하지만 그들이 물러난 건 겨우 수 미터 정도였다. 그 이상 물러나면 눈앞의 오우거에게 길을 내주기 때문이다.

"온다."

살육에 취해 달려드는 오우거를 보며 병사들은 죽을 각오를 하고 무기를 들었다.

그때였다. 한 줄기 섬광이 오우거의 몸을 파고들었다. 어느 사이엔가 날아온 이델이 성검으로 오우거를 벤 것이었다.

거대한 몸이 자신 쪽으로 쓰러지는 것을 피하면서 이델은 뒤에 있던 병사들에게 말을 걸었다.

"거기 당신들."

"예, 옛."

"어서 후퇴해. 후퇴 명령을 못 받았나."

이델의 말에 병사들은 당황해했다.

"그게 무슨 말입니까. 후퇴라니요?"

"자세히 이야기할 시간 없어. 어서 가라고."

병사들에게 소리치고 이델은 검광을 뿌려 달려오는 마족들을 연달아 베어 쓰러뜨렸다. 이런 그의 모습을 본 병사들은 허둥지둥 뒤로 달려갔다.

"아직도 멀었나."

여기저기에 아직 병사들이 후퇴를 못하고 고립되어 있었다. 이델은 다른 쪽에서 병사들을 공격하려는 마족들을 발견하곤 급히 몸을 날렸다.

"어서 서둘러!"

"부상자가 우선이다."

힘겹게 마족 병사들을 막던 수비대의 병사들은 시가지 쪽으로 이탈하였다. 그러자 마족들이 기다렸다는 듯이 뒤를 쫓았다.

"놈들의 진격이 너무 빠르군."

"우리가 나서야 할 것 같습니다."

"그러지."

아직 철수하지 못한 병사들을 지키기 위해 군터와 아르단이 오러를 각각 뿜어냈다.

군터는 단숨에 마족들 사이로 들어가 무수한 참격을 날렸다. 이에 수십의 마족이 피를 뿌리며 쓰러져 갔다.

"하아앗!"

다리를 다쳐 움직임이 불편해진 아르단은 접근전 대신 원거리 전을 선택했다.

그가 사용하는 창에서 감록색의 오러가 뿜어져 나와 창의 형태로 마족들 사이에 떨어졌다.

콰아앙!

대폭발과 함께 많은 수의 마족이 죽거나 부상을 입고 쓰러져 갔다.

이 둘 덕분에 마족들의 움직임은 조금이나마 주춤하였다.

그사이, 수비대의 병력들은 건물 사이의 길을 따라 반대편으로 달렸다.

"하아앗!"

이델은 하늘을 나는 가고일들을 연달아 베며 한 건물 위로 착지했다.

"회복도 안 된 상태에서 이만큼 싸우다니. 이렇게 싸워보는 건 마왕성의 마지막 결전 이후로 처음인데."

현재의 상태로 얼마나 싸울 수 있을지 장담하기가 힘들었다. 하지만 목표를 위해서는 더 분발할 필요가 있었다.

"힘들더라도 좀 더 힘내보자."

이델은 그리 중얼거리며 자연스레 이올라나 자신이 많이 접한 사람들의 얼굴을 떠올렸다.

하지만 안타깝게도 그들 모두 이곳에 없었다.

유격전을 펼치던 그들은 아직 숲에서 잔존한 마왕군과 싸우고 있을 것이었다.

'지금 상황에선 오히려 안 오는 게 고맙지.'

조금 후에 펼쳐질 일을 생각하면 아무것도 모를 그들이 돌아오지 않는 게 차라리 나았다.

쉬이이잉!

"윽, 갑자기 뭐야."

자신을 향해 날아오는 뭔가를 감지하고 자리를 피한 이델은 방금 전 자신이 있던 건물 옥상이 오러에 의해 박살 나는 것을 보았다.

방금 전의 공격은 멀리서 날아오듯 가까워지는 코볼트 오러 유저의 소행인 듯싶었다.

"저 녀석을 상대할 여유는 없을 것 같은데."

이델은 곧장 남은 마력을 짜내 달려오는 상대에게 무수한 섬광을 날렸다. 그리고 뒤도 돌아보지 않고 뛰었다.

탓! 타닷!

빠르게 거리를 벌리며 이델은 앞질러 가는 군터와 아르단을 따라잡았다.

방해가 사라지자 마왕군은 시가지로 거침없이 파도처럼 밀고 들어왔다.

그들이 향하는 방향 쪽에는 시민들이 피신해 있는 피신처가 있었다.

군터는 시가지를 완전히 가로지른 후 뒤를 돌아보았다. 그리곤 품에서 붉은 보석을 꺼냈다.

이때, 군터는 잠시지만 그답지 않게 망설이는 모습을 보였다.

"……."

"총대장님."

"알고 있네. 할 수밖에 없겠지."

잠시 마음의 갈등을 한 군터는 붉은 보석을 쥔 채 발동 키워드를 말하였다.

"타오르는 업화의 봉인을 지금 여기서 깨노라. 엘 핀 데르 하르펜."

바로 그 순간이었다.

시가지 곳곳에 은밀히 숨겨져 있던 마법 촉매들이 마법진의 힘을 빌려 작동을 하였다.

콰앙!

최초의 폭발이 시가지 한 곳에서 벌어졌다. 그 폭발에 주변에 있던 다수의 마족이 죽거나 부상을 입었다. 그러나 여기서 끝이 아니었다.

폭발은 거의 동시다발적으로 벌어졌다. 폭발로 인해 발생한 화염이 시가지 전체를 포위하기까지 해 마족들의 도주로를 차단했다.

"크아아악!"

"카악!"

오갈 데 없이 포위된 마족들은 계속해서 벌어지는 폭발에 휩쓸리거나 화염에 의해 태워졌다.

아비규환의 현장. 그렇게밖에 달리 설명할 수 있는 말이 없었다.

"으으."

"우리의 터전이……."

불타는 시가지를 보며 수비대원들은 충격적이라는 표정을

지었다.

아무리 마족들이라지만 숱한 생명이 불지옥 같은 곳에서 끔찍하게 죽어간다는 사실이 괴로웠고 또 한편으로 오랜 시간 살아온 공간이 불타 없어지는 것이 비통했다.

하지만 이런 사람들의 마음을 알 리 없는 불길은 좀처럼 사그라질 줄 모르고 계속 타올랐다.

**3**장

동맹

엘크란이 준비하였던 화염의 함정에 의해 발생한 불은 장장 이틀간이나 타올랐다. 이 화염은 마왕군과 건물을 모두 태운 뒤에야 끝이 났다.

마왕군 중 살아서 돌아간 자는 거의 극소수에 불과했다.

엘크란이 준비했던 이 안배 덕분에 마왕군을 전멸시킬 수 있었지만 그 뒤에 남은 건 폐허뿐이었다.

하지만 피해는 이뿐만이 아니었다.

"으아악!"

"여기 어서 진통제 가져와."

어딜 가도 부상자가 넘쳐났다. 격렬한 전투로 인해 생긴 부상자들이었다.

"전사자만 1만이 넘고 부상자는 그 두 배인가."

"끔찍한 결과군."

피해를 확인한 이들은 절망적인 표정을 지어야만 했다. 그래도 수비대의 이 피해는 이노센트 라이트가 입은 피해에 비하면 양호한편이었다.

가장 먼저 침공한 마왕군을 막아야 했던 이노센트 라이트는 임무를 위해 외부로 나간 인원을 제외한 9할의 병력을 잃었다. 이는 사실상 조직으로서 유지를 계속 해나갈 수 없을 정도의 피해였다.

그리고 이번 일로 귀중한 전력인 오러 유저와 대마법사들을 잃고 정치 기관인 평의회의 평의원들도 다수 죽어 시온의 체계도 거의 무너질 상황이었다.

그나마 내부의 배신자 때문에 벌어졌다는 사실이 알려지지 않아 이 정도지, 만약 그 사실까지 퍼졌다면 걷잡을 수 없는 혼란이 일어났을 게 분명했다.

이런 여러 가지 어려움에 처한 시온을 바로 잡기 위해 나선 건 바로 군터였다.

군터는 먼저 뒷수습을 하는 한편, 마비된 평의회를 대신해 시온이 당장 맞이해야 할 문제들을 취급하였다.

"식량 창고가 타버려 식량 수급이 어렵습니다."

"배급 양을 30% 감한다. 단, 전투 임무를 맡는 병사들은 제외한다."

"하, 하지만 그렇게 되면 겨우 굶주림이나 면할 수 있는 수준밖에 되지 않습니다."

"곡식을 추수할 수 있을 때까지 아직 3개월이나 남았다. 한정된 식량을 효율적으로 분배하지 않으면 그때까지 버틸 수 없을 것이다."

"만약 이 때문에 소요가 생기면 어떻게 합니까."

"그때는… 강경 진압도 허가할 것이다."

"그, 그런!"

행정관들로 하여금 지레 겁을 먹게 할 정도로 군터의 방식은 냉정하였다.

공리를 위해 사사로운 정을 버리는 그의 방식은 일부에겐 반발을 샀지만 빠른 안정을 가져오는 데 큰 역할을 하였다.

그럼에도 불구하고 전쟁의 상흔은 한동안 사라지지 않고 시온에 남게 되었다.

웅. 웅.

새하얀 빛이 상처에 스며든다. 상처는 곧 저절로 아물기 시작했다. 그 모습에 환자는 물론 보조로 옆에서 참관하던 안나 수녀는 경외의 눈빛을 취하였다.

상처가 어느 정도 아문 것을 확인한 이델은 환자의 몸에서 손을 떼었다.

"이제 움직이는 데 불편은 없을 겁니다."

"감사합니다, 감사합니다."

이델의 치료에 환자는 연신 고개를 숙여 보이며 감사함을 표시했다.

안나 수녀는 이델을 보며 존경의 뜻을 담아 말했다.

"역시 로이아스 님께 선택받은 용사님이세요."

"하, 하하."

이델이 용사라는 사실은 이제 시온에 사는 사람들은 전부 다 알게 되어버렸다. 그런데 이 사실이 알려진 건 의도적인 것이었다.

'역시 그때, 거절했어야 했나.'

이곳만은 안전할 것이라고 마냥 믿던 사람들은 한순간 마왕군의 침공에 모든 것을 잃었다. 이에 대한 상실감과 두려움은 모두를 고통스럽게 했다.

심지어 몇몇 이는 더 이상 이곳이 안전하지 않다고 여겨 떠나려고까지 하였다.

이러한 상황에서 군터가 꺼낸 카드는 바로 용사의 존재였다.

군터는 지금까지 비밀로 해뒀던 용사의 존재를 알림으로

써 사람들에게 희망을 안겨주고자 했다. 그래서 먼저 이델에게 동의를 구하였다.

지금 상황이 어떤지 모르지 않았기에 이델은 자신의 존재를 알리는 것을 허락할 수밖에 없었다. 그 덕분에 지금 이렇게 대다수의 사람에게 구세주처럼 떠받들어지게 된 것이었다.

'그때는 그럴 수밖에 없었지만 솔직히 좀 후회되네.'

내심 한숨을 쉬며 이델은 구호소를 나왔다. 요 며칠 동안 그는 용사로서 모범을 보인다는 이유로 이곳에 와 치유술을 펼쳤다.

덕분에 수십 명이 넘는 부상자를 치유할 수 있었지만 대신 전투 이후 얼마 남지 않았던 신성력을 완전히 탕진해 버리게 되었다.

"치유술을 쓸 수 있는 것도 오늘이 마지막인데. 이제 어떻게 하지."

사람들의 보는 시선 때문에 무엇이든 해야 한다는 강박관념 같은 게 최근 생긴 것 같다. 솔직히 말해 요 며칠 새 나날이 고민만 늘어나는데 어디에다가 하소연도 할 수 없어 답답함만 늘 따름이다.

이델은 또다시 머리를 아프게 하는 생각이 치밀자 고개를 가로저으며 마련된 거주지로 향했다.

거주지라고 해도 임시로 나뭇가지를 기둥 삼고 나뭇잎으로 지붕을 만든 오두막이 즐비한 곳이었다. 종족 불문하고 일반 주민들은 이곳에서 힘겹게 지내고 있었다.

"식사입니다. 모두들 줄 서세요."

"비켜!"

"새치기 좀 하지 맙시다."

거대한 통 앞으로 개미 떼처럼 사람들이 몰리는 모습을 이델은 안타까운 시선으로 보았다.

줄어든 식량 배급 때문에 겨우 끼니만 때우는 상황인지라 다들 배고픔을 참지 못하였기다. 그 때문일까, 예전과 다르게 사람들 사이에서 험악한 분위기도 일어났다.

"저리 안 비켜!"

"꺅!"

한 드워프 남성이 어린 인간 소녀를 줄에서 밀쳐내는 모습이 보였다. 이를 본 이델은 지체 없이 그쪽으로 달려갔다.

이델은 쓰러진 소녀를 부축하며 방금 전의 드워프 남성을 노려보았다.

"이게 무슨 짓입니까."

"새, 새치기를 하니 혼 좀 낸 것뿐이오."

"아무리 그래도 그렇지. 어떻게 아이에게 이렇게 험하게 한단 말입니까."

드워프 남성은 꿀 먹은 벙어리가 되었다. 자신이 지나쳤다는 것을 깨달은 것이다.

상대가 충분히 반성했음을 느낀 이델은 소녀의 옷을 묻은 흙을 털어주고 말을 하였다.

"괜찮니."

"고… 고맙습니다."

살짝 쑥스러워하면서 대답하는 소녀의 모습에 이델은 싱긋 웃어 주었다. 그리고 자리를 양보해 준 드워프 남성 앞에 세워준 뒤 자리를 떠났다.

작은 소동으로 마무리되었지만 이번 일은 팍팍해진 시온의 사정을 여실히 보여주는 사건이었다.

"지금으로선 성물 탐색보다는 시온의 재건을 우선시해야 할지도……."

어려운 판세를 뒤집기 위해서는 성물 탐색을 멈춰서는 안 될 것이었다. 허나, 시온의 상황이 이러한데 어떻게 그것을 계속 수행할 수 있을까.

결정이야 어차피 이델이 내리는 게 아니지만 그래도 마음이 쓰이는 것은 어쩔 수 없었다.

"아아, 모르겠다."

결론이 나오지 않는 생각을 해봐야 머리만 아플 뿐이다. 이럴 시간에 차라리 재건 작업이나 돕는 게 더 능률 있는 일이 될 것 같다.

이델은 상념을 하지 않을 수 있는 육체노동을 하러 재건 현장을 향해 발걸음을 옮겼다.

불타 버린 폐허에서 좀 떨어진 곳에선 한창 토목 건설이 벌어지고 있었다. 언제까지 사람들이 노숙이나 다름없는 생활을 할 수는 없었기에 가장 시급히 시작된 일이었다.

"주, 주인님!"

"너도 여기 있었냐."

그 혼란 속에서도 꿋꿋하게 살아남은 쿠우카는 이델을 보고 반가워했다.

쿠우카는 이델이 가버린 후 본능적으로 위험을 느껴 집을 나와 도망을 쳤었다. 뭐 이번이 기회라고 생각했던 모양이다. 아무튼 그는 시온을 벗어나 무조건 수림 팔로스를 빠져나가려 했다.

헌데 불운하게도 그는 안전하게 숲 밖으로 나가지 못했다.

마법 트랩, 루프 주문에 걸려 똑같은 장소를 계속 뱅뱅 돌게 된 것이었다.

덕분에 대 화재나 세계수의 결계로 인한 이성 상실을 겪지 않고 무사할 수 있었지만, 우연찮게 이델이 발견하기 전까지 무려 나흘이나 그 안에 갇혀 있어야 했다.

그때 구해준 것 덕분인지. 이제는 진정으로 이델을 따르는 모습을 보여주고 있었다.

"보아하니 꽤 열심히 하고 있구나."

"물론입죠. 제 동족의 추악한 행동으로 인해 이곳이 파괴되었는데 돕지 않을 수 있겠습니까."

"오, 그거 훌륭한 생각이구나."

사실 쿠우카는 이번 사태로 인해 마족인 자신이 밉보였다간 바로 죽을 목숨이 될까 봐 나름 주변에 잘 보이려는 행동에 불과했다.

그 사실까지는 모르는 이델은 쿠우카의 행동에 내심 흐뭇해했다.

"좋아, 그럼 같이 열심히 일해보자."

"주인님도요?"

"오러 유저의 힘이면 남들보다 몇 배는 많이 일할 수 있지. 그 힘을 놀릴 수는 없잖아."

"하, 하지만 다른 일도 바쁘실 텐데 굳이 주인님까지 나서지 않으셔도 됩니다."

쿠우카는 이델과 함께하면 지금까지보다 몇 배로 일이 힘들어질 것을 우려하고 있었다. 하여 적극적으로 그를 말려 돌려보내려고 하는 것이었다.

그렇지만 이미 이델의 결정은 내려진 뒤였다.

"자, 받아."

"크흑."

쿠우카는 이델이 주는 삽을 울상을 하고 받을 수밖에 없었다.

이날, 이델은 무려 3개 동이나 되는 임시 숙소를 건설하는 기염을 토해냈다. 그리고 쿠우카는 어마어마한 노동의 후유증으로 삼 일을 앓아눕고 만다.

*     *     *

평소처럼 용사로서 봉사 활동을 하던 이델은 갑작스럽게 군터의 호출을 받게 되었다.

"절 찾으셨습니까."

"일단 앉지."

밤낮으로 쉬지도 않고 일을 하느라 살이 꽤 빠진 군터는 이델을 소파에 앉도록 배려했다.

자리에 앉은 이델은 힐끔 군터의 모습을 살폈다. 평소에 볼 수 있었던 강인하고 듬직한 모습이 온데간데없이 사라진 것을 보니 절로 안쓰러운 마음이 들 정도였다.

하긴 다른 사람의 3배에 달하는 일을 혼자서 처리하고 있으니 저렇게 사람이 망가진 것이겠지.

새삼 걱정이 된 이델은 조심스레 말을 건넸다.

"요즘 꽤 무리하시는 거 아니십니까."

"후후, 그래 보이나."

"눈 밑의 다크 서클만 봐도 알 것 같은데요. 일도 좋지만 좀 쉬면서 하시는 게 어떻습니까."

"그러고 싶지만 그럴 수가 없군. 시급히 해결해야 할 일이 많으니 말일세."

그 말에 이델은 멋쩍은 표정을 짓지 않을 수가 없었다.

지금 군터가 떠맡은 막중한 책무를 모르지 않음에도 불구하고 그를 돕지 못한다는 미안함이 있었다.

솔직히 이올라처럼 곁에서 돕고 싶은 마음은 무척 크다. 허나 안타깝게도 그런 사무 쪽 일을 돕기에는 능력이 턱없이 부족해 사실 안 돕는 것이 도와주는 게 되는 신세다.

미안함을 보이는 이델을 보며 군터는 희미하게 미소를 지었다.

"그렇게 신경 쓰지 말게. 자넨 자네 나름대로 역할을 해주고 있네."

"용사 역할… 말입니까."

이델은 다소 기쁘지 않다는 듯 말했다. 그 모습을 본 군터는 질문하였다.

"왜, 지금 하는 일이 별로라고 생각하나."

"그건… 아닙니다."

"자네가 하는 일은 어떤 의미에서 본다면 지금의 시온에 가장 중요한 일이 될 수 있네. 실의에 빠진 사람들이 자네의 존재 덕에 얼마나 힘을 얻고 있는지 자네가 안다면 깜짝 놀랄 걸세."

"그렇다면 다행이죠. 하지만 이렇게 언제까지 아무것도 하지 않고 있는 것은 달갑지 않습니다."

이델은 솔직히 답답한 심경을 토로했다.

군터는 제대로 깎지 않아 수염이 듬성듬성 자란 턱을 손가락으로 문지르며 말했다.

"성물 탐색을 다시 시작하고 싶다는 건가."

"솔직히 말하자면 그렇습니다."

"음, 역시."

이델의 말에 군터는 이해했다는 듯 고개를 끄덕였다. 그 모습은 마치 미리 이런 말이 나올 것을 예상이라도 했다는 반응이었다.

"현재 우리의 처지에 대해 자네도 알고 있겠지. 기존에 세웠던 계획을 실행하기엔 인력도 자원도 턱없이 부족한 상태네."

"알고 있습니다."

당초 성물을 찾아옴으로써 대대적인 지원을 받아 추가 성물 탐색을 나서려 했었다. 그러나 이노센트 라이트의 괴멸과 시온의 파탄으로 인해 이 계획은 물거품이 되었다고 볼 수 있었다.

이델도 그 사실을 잘 알고 있었다. 그래서 다른 제안을 하였다.

"지금 사정에서 대대적인 수색은 어렵다고 저도 생각합니다. 그러니 성물 탐색은 저 혼자 하겠습니다."

"혼자서 그 일을 해낼 수 있겠나."

"뭐, 쉽지 않을 거라는 사실은 저도 잘 압니다. 하지만 전에 아르단 경이 알려준 정보도 있으니 한번 노력해 볼 생각입니다."

"역시 자네답군."

"예?"

의외의 반응에 이델은 살짝 당황했다.

"자네가 그리 말할 줄 알고 있었네. 사실 나 역시 지금 여기서 성물 탐색을 멈춰서는 안 된다고 생각하고 있었다네."

"그럼?"

"인류의 구원이 달린 일이네. 난 어떤 경우에도 그 일을 중단하지 않을 생각이네."

군터의 생각이 자신과 일치한다는 사실에 이델은 마음속으로 크게 기뻐하였다. 하지만 한편으로는 지금의 어려운 상황에서 어떻게 그 일을 강행할 수 있을지 걱정이 되기도

했다.

"그런데… 정말로 괜찮겠습니까. 자칫 반대 주장이 모여 지금 하시는 일에도 지장을 줄 수 있는데 말입니다."

"그것은 자네가 걱정하지 않아도 되네. 그리고 한 가지 더 알려줄 게 있네."

"그게 무엇입니까."

"아르단 경이 말한 그 정보에 관한 조사는 이미 진행 중에 있네."

"예? 그게 무슨……."

그야말로 느닷없는 말이었다.

해명을 원하는 이델의 눈빛을 읽은 군터는 차분히 이에 대한 이야기를 해주었다.

"현재 누크란 경이 이끄는 조사대가 아삼 대륙으로 나가 있네. 벌써 꽤 시간이 흘렀으니 이미 목적지에 당도했을지도 모르겠군."

"그럼 누크란 경이 맡은 임무가 아삼 대륙 남쪽에 있다는 무녀를 만나러 가는 것이었습니까?"

"바로 그렇다네."

설마 이렇게 빨리 손을 썼을 줄이야. 군터의 결단력에 새삼 놀라지 않을 수 없었다.

하지만 곧 이델은 의문을 가지게 되었다.

'그런데, 평의회의 허락을 맡고 한 것이었을까?'

왠지 약간은 찝찝한 기분이 든다. 하지만 지금 이 자리에서 질문하기에는 너무 민감한 문제였다. 게다가 이 일을 누구보다 이루고 싶은 사람이 바로 이델 본인이었기 때문에 말을 꺼내기가 참으로 모호했다.

마음이 쓰였지만 이델은 일단 이 문제는 조용히 덮기로 했다.

이델이 어떤 생각을 하는지 알지 못한 채 군터는 이델을 부른 진짜 이유를 말하였다.

"오늘 자네를 부른 건 다른 일이 있어서이네."

"성물 탐색 말고 다른 일을 말입니까?"

"음. 아니, 어떻게 보면 성물 탐색과 관련이 있는 일일지도 모르겠군."

모호한 말에 이델은 참지 않고 바로 자신에게 맡기려 하는 일이 뭔지 알고자 했다.

"대체 그 일이 무엇입니까."

"드래곤과 접선을 해주게."

"하아?"

순간 이델은 자신의 귀를 의심하지 않을 수 없었다.

느닷없이 드래곤과 접촉을 하라고 하다니. 이게 대체 무슨 소리인지 영문을 모르겠다.

많이 당황하는 이델의 모습을 보던 군터는 미소를 보이며 말했다.

"일단 침착하게 내 이야기를 들어보게."

"후우, 알겠습니다."

다소 놀란 가슴을 일단 쓸어내리면서 이델은 이야기 들을 자세를 취했다.

"드래곤과 접촉하려는 것은, 성물을 전부 모은다고 해도 현재의 우리 힘만으로는 마왕을 상대할 수 없다는 판단이 들어서이네."

"전력 문제인 겁니까."

군터의 말에 이델은 그의 생각을 알 수 있었다.

안 그래도 오랜 시간 약화되어 온 빛의 종족 세력이었다. 가진 전력을 모두 동원해도 마왕 토벌을 성공할 수 있을지 여부를 가늠하기 힘든 상황에서 마왕군 침공을 받게 되었으니 앞이 캄캄한 지경이다.

그런 만큼 절대적인 전력이 될 수 있는 존재나 세력과 동맹을 맺을 필요성이 있는데, 군터는 제일 먼저 한때 이 세상의 절대자로 군림했던 드래곤을 지목한 것이다.

"드래곤이라면 확실히 큰 힘이 되긴 할 것 같습니다만……."

이델은 예전 마왕이 쓰러뜨린 블랙 드래곤을 떠올렸다.

비록 패배해 죽었지만 드래곤들도 마왕을 노리고 있음이 분명했다.

"드래곤은 이 세계의 균형을 지키는 감시자들이지. 이미 균형이 크게 기운 지금, 다시 그것을 맞추는 데 협력해 줄 것이라고 난 생각하네."

"하지만 드래곤들도 막대한 피해를 입었다고 들었습니다. 거기다 그들의 레어를 찾는 일도 쉽지 않을 텐데요."

"그 점이라면 염려하지 말게. 지난 몇 년간 우리 이노센트 라이트가 펼쳐온 주요 작전 중 하나가 바로 드래곤의 레어가 있을 만한 곳을 탐색하는 일이었네."

군터가 이노센트 라이트의 총대장으로 취임한 뒤 실행에 옮겼던 첫 번째 일이 바로 드래곤과의 접촉이었다. 그것은 드래곤들이 강력한 동맹이 될 수 있다는 확신을 가져서 내린 판단이었다.

하지만 마왕에게 대항하는 과정에서 대다수의 드래곤이 죽었고 그나마 남은 드래곤들도 마왕과 마족들의 눈을 피해 숨어버려 그들의 행적을 찾는 것은 쉽지 않은 일이었다.

그럼에도 군터는 포기하지 않았고 몇 가지 단서를 토대로 드래곤 레어가 있을 만한 곳을 찾을 수 있었던 것이다.

"드래곤 레어라, 확실히 그곳에 드래곤이 있다면 좋겠군요."

"그곳까지 찾아가는 것도 매우 힘든 일이 될 걸세. 게다가 드래곤이 우리에게 우호적일 것이라는 보장도 없지."

"으음."

충분히 타당성이 있는 말이었다.

균형을 맡은 자라는 막중한 역할 때문에 어떤 생명체보다도 강력한 힘을 가진 드래곤들은 보편적으로 오만하였기 때문이다. 게다가 워낙 마왕에게 데여 이쪽을 쉽게 받아들일 것이라는 확신을 가지기도 곤란했다.

"확실히 이건 성물 탐색보다도 어려운 임무군요."

"그래서 자네에게 맡기려는 것이네. 실력도 실력이지만, 자네가 가진 용사의 운명을 저들 드래곤에게 밝힌다면 충분히 교섭의 테이블로 불러들일 수 있을 거라고 난 생각하네."

"……."

군터가 왜 자신에게 이것을 부탁했는지 비로소 알 것 같다.

지금 군터는 용사라는 타이틀을 이용해 드래곤들과 협상을 하려고 하는 것이었다. 이것은 마치 자신을 협상의 도구로 취급하는 것과 같았다.

솔직히 불쾌했지만 이델은 애써 내색하지 않았다.

'이런 식으로 취급하는 게 화는 나지만 그래도 드래곤과의 동맹을 위해서 내 존재 가치가 필요하다는데 싫다고 할 수는 없겠지.'

대의를 위해서라면 이 정도는 감수해야 한다고 이델은 스스로를 다그쳤다.

그렇게 마음을 달래고는 닫혀 있던 입을 열었다.

"알겠습니다. 그래야 한다면 응당 따라야 하겠죠. 그럼 이 임무는 언제 하면 좋겠습니까?"

"될 수 있으면 빨리하고픈 바람이 크네. 허나 부담을 주고 싶지 않으니 자네 뜻대로 결정하게. 만약 필요한 게 있다면 가능한 선에서 전폭적으로 지원해 주겠다고 약속하겠네."

사실상 이번 작전에 대한 모든 것을 위임받게 되었다.

이델은 이 막중한 임무를 어떻게 수행해야 할지 크게 고민하지 않을 수 없었다.

*        *        *

며칠의 시간이 지나고 이델은 드디어 임무를 수행하기 위해 떠나게 되었다.

이번 임무를 위해 이델은 직접 동료를 인선했다.

"다들 잘 부탁하겠습니다."

"잘 부탁하네."

"나도!"

저번과 마찬가지로 하프만과 캐넌, 그리고 로스틴이 동료로 합류했다. 하지만 이올라의 모습은 없었다.

이는 일부러 의도한 결정이었다.

"언니는 정말 이번에 같이 안 데려갈 거야?"

"응. 그녀는 임시로 인간족의 대표가 된 바람에 여기에서 할 일이 많이 있잖아. 거기에 지금의 시온 사정으로 전력이 너무 빠져나가는 게 좋지 않으니깐 할 수 없지."

사실 믿을 수 있는 든든한 동료인 그녀가 있었으면 하는 본심이 없는 것은 아니었다. 그러나 할 일이 많은 그녀를 무리해서 데려갈 수는 없다고 생각했기에 일부러 이번 임무에 대한 말도 꺼내지 않았다.

대신 이올라의 공백을 메워줄 새 전력을 위해 오러 유저나 대마법사 중에서 유일하게 놀고 있던 로위나를 포섭했다.

그런데 지금 그 로위나가 오지 않아 출발을 못하고 있는 상태였다.

"웃차!"

멀리서 커다란 짐 보따리를 든 로위나와 그 옆에서 따라오는 이올라가 보였다.

그런데 이올라는 검과 갑옷을 전부 갖추고 있었다.

"대체 무슨……."

"여! 이것 좀 받아줘."

이델을 보자마자 로위나는 마법으로 자신이 들고 있던 짐

보따리를 던졌다.

사람 몸 크기의 짐 보따리가 빠른 속도로 날아오기에 이델은 엉겁결에 그것을 받아야만 했다. 상당한 무게에 잠시 휘청거렸지만 곧 균형을 잡았다.

이델은 자신에게 던져진 무거운 짐을 든 채 무장을 다 갖추고 이 자리에 나타난 이올라를 보았다. 한눈에 봐도 배웅하러 온 모습은 아니었다.

이올라는 이델을 보며 차분히 말했다.

"이번 임무, 저도 참여하게 되었습니다."

"그게 무슨 말이야? 난 그런 말을 들은 적도 없고 그대에게 직접 부탁하지도 않았어. 그런데 출발 직전에 이런 말을 해오다니. 대체 무슨 생각인 거야."

"제가 직접 군터 총대장님께 건의해서 오늘 내려진 결정입니다."

"하아?"

군터에게 직접 허락까지 받고 왔다는 말에 이델은 당혹감을 감추지 못했다.

그런 이델을 보며 이올라는 무덤덤하게 말을 이어갔다.

"이번 임무의 목적지는 무척 위험한 몬스터가 다수 서식하는 곳입니다. 또한, 드래곤이 무조건적인 호의를 보이리라는 보장도 없기에 최악의 경우 전투도 대비해야 합니다. 그런 만큼 한 명이라도 더 강한 전력이 필요하다고 생각했습니다."

"잠, 잠깐. 무슨 말인지는 알겠어. 하지만 그렇다고 무턱대고 이런 결정을 내리면 어떻게 해. 시온에도 어느 정도 전력이 필요한 시점이고 게다가 이올라 너는 지금 인간족 대표도임시로 맡고 있잖아."

"그래서… 저에겐 이야기를 안 하신 건가요."

작은 목소리로 이올라가 말한다. 그 반응에 순간 이델은 움찔했다.

설마 그것 때문에 화가 난 걸까? 이런 반응은 예상 못했던 이델로선 어떻게 해야 할지 당황스러웠다.

일단은 뭐라도 변명해야 할 것 같아 말을 늘어놓았다.

"아, 아니 딱히 이올라만 따돌리려고 한 것은 아니었어. 다만 다른 일로도 고생하는데 부담 주기가 싫었을 뿐이야. 그리고 아리스도 생각해야지."

"……."

시온에 와서 정신적 안정을 취했던 아리스는 이번 일로 인해 다시 악몽을 꾸는 등 괴로움을 호소했다. 그 사실을 누구보다 잘 아는 이올라는 잠시 말을 잇지 못했다.

그 모습을 보며 이델은 머뭇거리다 말했다.

"이런 내 뜻을 이해해 줬으면 해."

잠시 생각하던 이올라는 고개를 한 번 끄덕였다.

"무슨 말인지 알겠습니다. 하지만 그래도 제 뜻은 변함이 없습니다."

"이올라……."

"이쪽 일은 크게 걱정 안 하셔도 됩니다. 제가 맡았던 업무는 이미 인수인계를 끝냈고 차후 돌아와서 마무리할 겁니다. 그리고 이곳의 안전 여부는 크게 걱정할 필요가 없다고, 그러니 갔다 와도 된다고 군터 총대장께서 직접 말씀하셨습니다. 아리스에 대한 일 역시 걱정 안 하셔도 돼요. 그 아이는 올리비아가 잘 돌봐줄 것입니다."

"그, 그랬어?"

"저에 대한 것은 충분히 설명되었다고 생각합니다. 그래도 안 된다고 하신다면 여기서 돌아가겠습니다."

약간은 쌀쌀하게 느껴지는 이올라의 말에 이델은 비로소 정신이 깨었다.

"아, 아냐. 이올라가 가세해 주면 나야 고맙지."

"……."

손사래를 치면서 말을 하는 이델의 모습을 묵묵히 본 이올라는 살짝 고개만 끄덕이고는 바로 옆을 쓱 지나쳐 갔다. 이때, 이델은 서늘한 냉기를 느낄 수 있었다.

이델은 바로 뒤를 돌아보며 속으로 후회 섞인 생각을 하였다.

'아무래도 나한테 진짜 화가 난 모양인데. 이럴 줄 알았으면 이야기라도 했어야 했나. 아, 정말.'

나름 이올라를 위한다고 한 배려가 이런 식으로 돌아올 것이라고는 생각도 못했다. 뒤늦은 후회가 물밀듯이 밀려들었지만 이미 때는 늦고 말았다.

생각해 보면 항상 이런 식이었다. 가까워진다 싶으면 묘하게 사이가 벌어지는 일이 반복되지 않는가. 이델의 입장에선 원치 않는 이런 상황들이 참으로 답답하게 느껴질 따름이었다.

'하아, 이렇게 된 거 어떻게든 이번 여정 중에 다시 사이를 풀어가는 수밖에.'

하지만 그러려면 상당한 시간과 노력이 필요할 것 같다. 생각만 해도 한숨이 나오는 상황에 이델의 심경은 복잡할 따름이었다.

이런 이델의 속마음을 알 길 없는 로위나는 태평하게 목소리를 내었다.

"자자, 어서들 출발하자고. 이러다 해가 지겠어."

"제일 늦게 오고선 그런 말을 하나."

"뭐라고?"

"아, 아무것도 아니야."

로위나의 앙칼진 반응을 본 이델은 얼른 말을 돌렸다.

뜻하지 않게 이올라까지 가세해 6인의 파티가 된 일행은 곤드로와 대륙의 동북부를 향해 출발하게 되었다.

*　　　*　　　*

절벽과 맞대어 있는 해안으로 철갑의 배가 접안하였다.

이 배는 바로 이델이 찾아낸 철갑선 블루 시드 호였다. 특별히 이 배를 탄 것은 여정에 의한 시간 소요를 줄이기 위함이었다.

"확실히 해로를 통해 오는 게 정답이었어. 시간을 꽤나 단축했잖아."

웃는 얼굴로 말하는 이델의 옆으로 나온 로위나는 구역질이 난다는 표정으로 난간에 기대며 중얼거렸다.

"확실히 그렇긴 한데, 우욱! 다시는 타고 싶지 않아."

"의외로 타는 것에 약하네."

"시끄러워."

이델의 말에 와락 성을 낸 로위나는 부유 주문으로 먼저 절벽 위를 올라갔다.

─성격 있는 아가씨군.

"성격 있는 아가씨라기보다는 괴팍한 할머니죠."

로스틴에게 푸념을 한 이델은 짐을 챙기는 일행의 모습을 보았다.

"언니, 이것도 가져갈까."

"부피만 차지하니 가져가지 않는 게 좋을 것 같아. 대신 말린 고기를 챙겼으니 그것으로 참도록 해."

"히잉! 난 생고기가 좋은데."

사소한 대화를 나누는 이올라와 캐넌의 모습을 보며 이델은 잠시 한숨을 쉬었다.

그 모습을 본 것인지 이올라가 말을 걸어왔다.

"왜 그러시죠."

"어? 아냐, 아무것도."

"그렇다면 다행이네요."

그것으로 이델과의 대화를 종료하고 이올라는 다시 캐넌과 말을 섞었다.

보통 때와 다름없는 모습이다. 사실 출발 당일 때의 일로 이올라와의 관계가 다시 악화될 것을 염려했던 게 사실이다. 하지만 예상과 달리 이올라는 그날이 지난 뒤에도 예전처럼 이델을 대하였다.

아니, 뭐랄까. 오히려 좀 더 잘해주는 것 같았다. 좋아해야 하는 일임이 분명하다. 하지만 그런 변화 때문에 더욱 이올라의 속을 알지 못하게 된 것 같아 마음이 내내 쓰이고 있는 중이다.

하지만 이제부터는 그런 것에 신경을 쓸 수 없는 노릇이다. 이제부터 가야 할 곳은 지금까지와는 비교도 안 될 위험한 곳이기 때문이었다.

크오오오오.

멀리서 들려오는 괴수의 울음소리는 서늘한 느낌을 느끼게 한다.

과거 이델의 시대에서도, 로스틴이 살던 시대에서도, 그리고 현재에도 곤드로와 대륙에서 가장 위험한 곳으로 꼽히는 장소가 있다면 바로 지금 가려는 곳일 것이다.

"마지막 정찰 결과에 따르면 이곳부터 이곳까지, 이 지점을 중심으로 원을 그리며 나타나는 이 구역이 드래곤의 레어가 있을 수 있는 지역이라고 하는군요."

―칼페로스 산맥에서도 가장 깊숙한 곳이군.

일행들은 펜으로 표시한 원 안의 공간을 주목했다.

대륙에서 첫째로 험한 산세를 가진 칼페로스 산맥의 한 곳으로, 탐사대가 목숨을 걸고 몇 년에 걸쳐 조사한 끝에 가장 드래곤이 있을 확률이 높은 곳으로 지목한 곳이었다.

이곳까지 가기 위해서는 규모가 큰 수림과 고산 지대를 통과해야 했다. 그것만으로도 상당한 난이도였지만 넘어야 할 장애물은 또 있었다.

"이 너머는 마족들조차 몬스터로 핍박받고, 변경 지대로 쫓겨날 당시에도 감히 침입을 하지 못할 정도로 위험한 마수, 마물들이 득실거리고 있으니 모두 단단히 주의하는 게 중요합니다."

"그래 봤자 얼마나 위험하겠어. 이쪽엔 오러 유저와 대마법사가 각각 두 명이나 있고 거인족의 전사도 있는데 말이야."

로위나는 맘 편한 소리를 하며 별 걱정을 하지 않았다. 그러나 이랬던 그녀가 불과 나흘 만에 말을 바꾸고 말았다.

"아, 정말 싫어! 계속 죽여도 끝이 없잖아."

"그 말 할 시간 있으면 마법이나 써요!"

이델은 울상을 짓는 로위나를 타박했다. 그리고 오러를 담은 성검을 휘둘러 반인 반 전갈의 모습을 가진 마물 맨 스콜피온을 일격에 참했다.

한 놈을 해치우자 곧 다른 놈들이 그 자리를 메웠다.

"제길, 그럼 이건 어떠냐."

공격 방법을 바꿔 이델은 화염 마법으로 몰려드는 맨 스콜피온 무리를 공격했다. 폭발에 휘말린 몇 마리가 쓰러졌지만 아직 다수의 맨 스콜피온이 남아 있었다.

"에잇! 네이처 오브 포스!"

사방을 포위한 적들에게 진력이 난 로위나는 무리해서 긴 주문 시전을 마치고 마법을 행사했다. 그녀가 완성한 주문에 의해 나타난 녹색의 빛이 공중으로 솟구치더니 다수로 분열해 맨 스콜피온들에게로 쏟아졌다.

로위나의 마법은 맨 스콜피온 집단에게 적지 않은 피해를 입혔다. 거기에 파상 공세를 펼치던 놈들의 움직임을 막는 역할도 했다.

이를 기회로 삼은 로스틴은 위력은 작지만 연속으로 쓸 수 있는 마법을 쓰던 방식을 바꿔 큰 주문을 준비했다.

"키이이익!"

"어딜!"

로스틴에게로 달려드는 맨 스콜피온을 이델은 단칼에 두 토막 내었다. 그 옆에서 캐넌도 날카로운 손톱으로 맨 스콜피온의 꼬리를 쳐내고 머리를 찍어 눌러 해치우는 저력을 보였다.

이 와중에 로스틴의 마법은 강한 마력을 발하며 발동되었다.

─데스 그라운드.

완성된 마법이 일행을 중심에 두고 사방으로 퍼져 나갔다. 강력한 죽음의 힘 앞에 맨 스콜피온들은 괴로워하다 죽음을 맞이해 갔다.

그런 상황에서도 일부는 마법에 저항하며 공격을 시도했다. 하지만 두 줄기의 오러가 그들의 육신을 산산조각 내버렸다.

"휴, 드디어 끝났군."

"후냥."

무려 수백에 달하는 맨 스콜피온 떼를 전멸시킬 수 있었지
만 모두 파김치가 되어버렸다.

쿵. 쿵.

좀 떨어진 곳에서 거인의 모습이 되어 싸웠던 하프만이 돌
아왔다. 그는 곧 마법으로 몸을 축소했다.

"으, 으음."

"괜찮으십니까."

한쪽 무릎을 꿇고 괴로워하는 하프만을 이델은 얼른 부축
했다. 이럴 때 치유 주문을 쓸 수 있으면 좋겠지만 이미 지니
고 있던 신성력을 다 써버려 그럴 수는 없었다.

대신 약초들을 정제해 만든 포션을 써서 하프만의 상처를
회복시켰다.

"이제 좀 낫군."

"다행입니다."

"그나저나 하마터면 큰일 날 뻔했군그래. 하필이면 이런
마물들의 서식지로 들어오게 될 줄이야."

"나름 위험한 마물들을 피한다고 이동한 게 오히려 맨 스
콜피온의 소굴로 오는 꼴이 된 것 같습니다. 다음부터는 이런

점도 신경 써야 할 것 같습니다."

"나도 동감이네."

하프만이 짐짓 허허 웃으며 말한 뒤 몸을 일으켰다.

이때 이델을 향해 캐넌이 다가왔다. 그녀는 사뭇 풀이 죽어 있었다.

냄새를 통해 마물의 유무를 파악해 길을 안내하는 역할을 맡은 캐넌은 자신으로 인해 이번 전투가 벌어졌다고 자책하고 있는 것이었다.

캐넌은 풀 죽은 목소리로 말했다.

"미안. 내가 좀 더 세밀히 냄새를 맡아서 알아챘어야 하는데 그러지 못했어. 다 내 책임이야."

"아냐, 그렇지 않아."

이델은 캐넌의 머리를 쓰다듬으며 말했다.

"너도 최선을 다해주고 있어. 그러니 이번 일로 상심하지 말고 앞으로 열심히 해줘."

그 말에 풀 죽어 있던 캐넌의 표정이 밝아졌다.

이델은 리더로서 일행을 추슬러 다시 길을 출발했다. 아직 가야 할 길은 멀기만 했다.

\*　　　\*　　　\*

점점 해발이 높아지면서 산소가 부족해져 갔다.

자갈로 이뤄진 발밑을 조심해 일행은 위를 향해 한 발 한 발 나아갔다. 산에 익숙지 않은 이들이라면 벌써 나가떨어졌을 만큼의 고된 길이었지만, 모두 나름 한가락 하는 인물이라 쉽게 지치는 이는 없었다. 단 한 명만 빼고.

"아우우."

힘든 기색을 팍팍 드러내며 로위나는 작은 바위에 엉덩이를 걸터앉았다. 나름 마법의 힘까지 빌렸지만 제일 체력이 떨어지는 그녀는 다른 이들보다 먼저 지친 것이었다.

"이것 좀 드세요."

"어. 고마워, 이올라."

이올라가 내민 수통을 받아 로위나는 물을 마셨다. 그녀 때문에 일행은 자연스럽게 잠시 멈춰서 휴식을 취하게 되었다.

휴식을 취하는 동안에도 이델은 로스틴과 드래곤의 레어에 대한 이야기를 나눴다.

—이 부근에서 아직 특별한 마력은 느껴지지 않는군.

"그럼 드래곤의 레어가 있는 곳은 아직 먼 것일까요. 지도만 놓고 보면 어느 정도 접근했어야 하는데 말이죠."

—내 생각엔 드래곤의 레어를 지키는 마법이 매우 은밀하게 펼쳐진 게 아닐까 생각되네. 마법은 원래 인간의 것보다 드래곤이 훨씬 뛰어나니 나라 해도 쉽게 간파하지 못할 가능

성이 있네.

"음, 그럴 수도 있겠군요."

한쪽에서 그렇게 이야기를 나누는 사이에 이올라는 침착히 식사를 준비했다.

"파이어."

로위나는 장작 대신 마법으로 불을 피웠다. 그 위에 냄비를 올리고 스튜를 끓이니 곧 맛있는 냄새가 피어났다.

혹 주변에 있을지 모를 몬스터를 대비해 냄새나 기척을 차단하는 결계를 치고 일행은 곧 식사를 하였다.

"이대로 산을 넘어야 할까요."

"아무래도 그래야 할 것 같아. 설산이라 좀 걱정되지만 미리 설상복도 갖춰왔으니 큰 문제는 없을 거야."

"우물우물, 난 추운 건 싫은데."

말린 고기를 씹으며 캐넌은 말하였다.

반면 하프만은 이 냉기를 편하게 즐기는 듯했다. 아무래도 추운 산을 터전으로 삼았던 옛 거인족 조상들의 특성을 고스란히 물려받아 상대적으로 이곳을 편하게 받아들일 수 있던 모양이다.

하프만은 능선을 보며 말했다.

"오늘은 좀 더 서두르는 게 좋을 것 같군."

"저도 동감입니다."

클라인은 고개를 끄덕이며 말했다. 다른 이들도 반대를 제시하지 않았다. 또다시 산을 타야 한다는 말에 창백한 표정이 된 로위나를 제외하곤 말이다.

일행은 뒷정리를 하고 다시 산을 올랐다. 그런데 운 없게도 길을 떠난 지 얼마 되지도 않아 몬스터 집단과 조우하게 되었다.

"쿠어어어!"

"설인인가."

새하얀 털 뭉치 같은 설인들이 사람만 한 몽둥이를 들고 앞에서 달려오는 모습이 보였다. 그러나 일행은 별 긴장을 하지 않았다.

전의 싸움이 워낙 격렬했던 탓에 이번엔 별로 부담이 되지 않았던 것이다.

"내가 가지."

하프만은 변신 마법을 풀고 본연의 모습을 드러냈다.

순식간에 설인보다 3배나 큰 덩치가 된 하프만은 제일 앞에서 달려오던 설인을 뻥 하고 걷어찼다. 그리고 도끼로 빗자루질을 하듯 밑을 쓸어내어 단번에 설인들을 멀리 날려 버렸다.

"이거 우리가 나설 일도 없겠는데."

"네."

말하는 사이에도 설인 하나가 저 멀리 날아가는 모습을 볼
수 있었다.

생각보다 싱겁게 끝나겠다고 생각하던 찰나였다.

쿵. 쿵.

육중한 소리가 저 앞쪽 산 능선에서 들려왔다. 그 소리는
하프만이 거인으로 변한 상태에서 걸을 때마다 내는 소리와
거의 흡사했다.

"뭐지?"

이델을 포함한 일행들은 하프만과 싸우는 설인에게서 능
선으로 주의를 돌렸다.

이윽고 능선 너머에서 무언가가 해를 등지며 나타났다.

"거인족?"

이델은 놀란 나머지 자신도 모르게 말을 흘렸다.

뿔이 달린 투구를 쓴 3인의 거대한 인간, 그들은 분명 하프
만과 같은 거인족이었다.

마침 설인들을 전부 제거한 하프만이 그들을 보았다.

"오, 오오!"

하프만은 거인들을 보고는 감격에 찬 듯했다. 하긴 이런 불
모지에서 동족을 만나게 되었으니 그럴 법도 했다.

—어떻게 할 건가.

"잠시, 잠시만 상황을 지켜보죠."

우선 지금 나타난 거인들이 적인지 아닌지 확인할 필요가 있었기에 로스틴을 포함한 모두에게 섣불리 움직이지 말 것을 당부했다.

그러는 사이, 거인들은 내리막을 미끄러지듯 내려왔다.

그들이 접근하자 하프만은 거인족 고유의 언어로 말을 건네었다.

"카바트 볼카."

이 말은 동족들이여, 라는 뜻이었다. 그런데 이 말을 듣고 또 같은 동족인 하프만을 보고도 그들은 반가움을 드러내긴커녕 무거운 표정으로 다가왔다.

그 모습에 이델은 뭔지 모를 불안감을 느꼈다.

쿵쿵쿵!

갑자기 선두에 있던 거인이 속도를 내 달려오기 시작했다.

그 모습을 본 하프만은 크게 놀랐다. 하지만 그것과 상관없이 몸을 움직여 돌진해 오는 거인의 앞을 가로막았다.

"하프만 님!"

"으허어업!"

하프만은 무기를 쓰지 않고 맨손으로 달려드는 상대를 막아 세웠다. 두 거인의 부딪침에 의해 순간 충격이 지면에 전해지고 쌓였던 눈과 그 밑의 자갈들이 사방으로 퍼져 나갔다.

충돌 직후 하프만은 잠시 뒤로 휘청거렸다. 하지만 그는 곧바로 자세를 고쳐 잡고 상대의 양손을 깍지 껴 잡았다. 그러면서 다급히 눈앞의 상대를 향해 말을 걸었다.

"루칸 다바트 놀 다인 바르아(어째서 공격하는가. 난 적이 아니다.)"

"카파드……."

카파드라는 단어에 하프만은 움찔했다. 이 언어는 인간족 언어로 치면 '침입자'를 뜻했다.

어째서 같은 동족을 보고도 적대하는지 알 길이 없었다. 하지만 일단은 하프만을 도와야 했다.

"싸울 수밖에 없나."

이델은 하프만과 힘겨루기를 하고 있는 거인과 뒤늦게 걸음을 떼 접근하는 두 명의 거인을 보았다.

싸운다면 질 가능성은 적었다. 하지만 상대가 상대인 만큼 될 수 있으면 죽이지 않는 선에서 전투를 끝내고 싶을 따름이었다.

"로스틴, 로위나 님. 두 분의 마법으로 뒤에 오는 거인들을 상대해 시간을 벌어주세요. 그리고… 될 수 있으면 크게 다치지 않게끔 힘 조절을 부탁드리겠습니다."

—최선을 다해보지.

"장담은 할 수 없지만 한번 해볼게."

두 마법사는 공중을 떠 앞으로 나아갔다.

거인들은 접근하는 두 마법사를 보곤 들고 있던 무기를 휘둘렀다.

"흥, 어딜 감히. 레이 바운드!"

로위나가 든 지팡이의 끝에서 뻗어나간 빛이 거인의 몸을 감싸 칭칭 동여맸다.

로스틴도 바로 옆에 있던 거인을 향해 마법을 펼쳤다.

─소울 바인드.

두 마법사의 구속 마법이 거인들을 묶는 데 성공했다. 하지만 괴력을 가진 그들 앞에서 얼마나 마법이 버틸 수 있을지 장담할 수 없었다.

그러는 사이, 하프만은 상대 거인을 계속 설득했다.

"우린 적이 아니네. 제발 투지를 버려주게."

"침입자, 제거한다."

거인족의 언어로 말한 거인은 하프만을 힘으로 누르려 했다. 그러나 거인족 중에서도 우수한 전사인 하프만에 비하면 부족함이 있어 시종일관 팽팽한 대결이 이뤄졌다.

"저희도 거들겠습니다."

"자네……!"

하프만이 만류하려 했지만 이델은 못 들은 척하며 단번에 허공을 박차고 뛰어올라 두 거인의 머리 위치까지 올라왔다.

그와 동시에 이올라도 위로 뛰어 거인의 한쪽 팔에 올라탔다.

"하앗!"

이델과 이올라는 거의 동시에 팔뚝을 베면서 아래로 떨어졌다. 그들이 벤 건 거인의 힘줄이었다. 갑자기 팔에 힘을 줄 수 없게 된 거인은 팔을 아래로 늘어뜨렸다.

이에 하프만은 태클을 걸어 거인을 쓰러뜨렸다. 그리곤 위에서 누르며 재차 말했다.

"난 대지를 떠받드는 위대한 거신 기가투스의 핏줄을 이어받은 탈카스 혈족의 하프만이라 하오. 우리는 어디까지나 마왕을 쓰러뜨리기 위해 이곳에 온 것이오."

"침입자를… 제거한다."

하프만이 거인들의 조상이라 할 수 있는 기가투스의 이름과 그의 일족에 대해 밝히기까지 했는데도 마치 이지를 상실한 듯 거인은 오로지 침입자를 제거해야 한다고만 말하고 있었다. 이는 보통의 생각으로도 충분히 이상한 일이었다.

그 모습에 이델은 이게 단순한 오해로 빚어진 일이 아님을 알게 되었다.

"혹시 뭔가 마법 같은 게 걸려 있는 건가."

의심이 생긴 이델은 마나 스캔으로 거인의 몸을 살폈다. 그런데 아무리 살펴도 마법이 걸린 흔적을 찾을 수 없었다.

"우어어어!"

발버둥을 치며 거인이 하프만을 뿌리치려 한다.

이유를 모르는 거인들의 무차별 공격을 해결하려면 어서 서둘러야만 할 것 같았다.

*    *    *

쿠웅!

"꺄!"

구속 마법을 푼 거인이 몸을 움직이더니 공중에 뜬 로워나를 몽둥이로 공격했다. 위험천만했지만 로워나는 윈드 마법을 써서 후방으로 빠르게 자신의 몸을 이동시켰다. 덕분에 몽둥이를 직접 맞는 일은 피할 수 있었다.

그 모습을 본 이델은 그쪽으로 힘껏 달렸다.

"공파참!"

클라인은 거인을 향해 직접 일격을 가하지는 않고 대신 발밑을 노렸다. 하늘빛 오러 궤적과 대지가 충돌하면서 눈과 자갈이 폭발하듯 위로 상승했다. 그 바람에 거인은 잠시 주춤했다.

이를 본 이델은 몸을 띄워 거인에게 다가간 뒤 오러를 생성하지 않은 성검으로 난격을 펼쳤다.

이 공격을 막기 위해 거인은 양팔을 모아 앞을 방어했다.

이델은 검을 멈추고 지상에 빠르게 내려가 착지했다. 그리곤 주문을 외웠다.

"모든 미끄러지게 하는 힘이 여기에 펼쳐진다. 그리스."

이델의 마법이 거인의 발이 닿아 있는 땅의 마찰 계수를 0으로 만들어냈다. 그러자 거인은 몸의 중심을 잡지 못하고 제자리에서 나뒹굴었다.

쓰러진 거인을 두고 이델은 상대를 완전히 제압할 작정으로 손을 썼다.

푸화학!

성검이 지나간 자리에서 피가 솟구친다. 꽤 많이 나왔지만 언젠가 회복될 터였다. 지금은 움직이기 어려울 정도의 상처만 정교하게 입힌 것에 불과했다.

'좋아, 다음은……'

이델은 한쪽 팔을 내린 거인을 가운데에 두고 뒤로 돌아갔다. 그런 다음 다시금 성검을 휘둘러 양쪽 다리를 연달아 베고 지나갔다.

힘줄만을 노린 정교한 공격에 거인은 자신의 체중을 이기지 못하고 쓰러지려 했다. 그가 쓰러지기 전, 이델은 거인을 기절시키기 위해 뒷목 부분을 향해 마법을 쏘았다.

"좋았어!"

적당히 조절한 마법에 얻어맞은 거인은 앞으로 베어진 나무 쓰러지듯 쓰러졌다.

쓰러진 거인은 다행히도 다시 일어나지 못했다.

쿵!

이때, 거인이 쓰러지는 소리가 들려왔다.

로스틴의 마법에 의해 묶여 있던 거인을 상대로 이올라가 이델과 같은 방식으로 제압한 것이었다. 이로써 두 명의 거인은 제압했다. 나머지는 하프만이 상대하던 거인뿐이었다.

"어쩔 수 없군."

결단을 내리지 않을 수 없게 된 하프만은 약해지는 마음을 다잡고 붙잡고 있던 거인을 주먹으로 때려 기절시켰다.

상황이 종료되고 모두 한자리에 모였다.

"대체 어떻게 된 일이지? 딱히 마법에 걸려 우릴 공격한 건 아니었어."

"으음, 아직 우리 종족의 말을 쓰는 것 봐선 영성이 쇠퇴해 지성이 낮아진 것은 아닌 것 같네."

"그럼 대체 왜 다짜고짜 우리를 공격한 거죠? 자신들의 땅을 침범했다고 생각하는 걸까요?"

이올라의 물음에 하프만은 고개를 가로저었다.

"나 또한 마왕이 이 세계를 지배하기 전, 옛 조상들이 어떤 생활을 했는지 직접적으로는 알지 못하네. 하지만 우리 거인 족은 외지에서 온 자들을 처음부터 이토록 박대할 만큼 모진 종족이 아니네. 뭔가 다른 연유가 있을 게 틀림없네."

"깨어나서 우리의 의문을 해소할 수 있는 대답을 해준다면 다행이겠지만 그렇지 않으면 다시 싸워야 할지도 모르는데 이 문제를 어떻게 하면 좋겠다고 보십니까."

이델의 말에 하프만은 수심에 찬 얼굴로 쓰러진 동족들의 모습을 보았다. 그 또한 이들을 어떻게 해결할지 많이 고민되는 모양이었다.

로스틴이 여기에서 말을 꺼냈다.

―흑마법 중에는 상대의 기억을 들춰봐서 정보를 캐낼 수 있는 정신계 주문이 있네. 그것을 통해 이들이 왜 이런 행동을 했는지 밝혀내는 게 어떤가.

"으음……."

로스틴의 말에 이델을 포함한 모두가 꺼림칙한 얼굴을 하였다. 상대의 허락도 없이 기억을 훔쳐본다는 행위가 올바른 행동이 아니었기 때문이었다.

하지만 당장 뾰족한 수도 없는 마당에 마냥 반대만 할 수는 없는 노릇이었다. 의외로 맨 처음 말한 건 하프만이었다.

"난 이들에게 무슨 일이 있었는지 알고 싶네. 로스틴 공,

부탁하겠소."

　─내게 맡기시오.

다들 암묵적인 동의를 한 끝에 로스틴의 마법이 펼쳐졌다.

로스틴은 하프만을 상대했던 거인의 기억을 들추기 시작
했다. 그러면서 한편으로 일행들에게 자신이 보는 것을 같이
볼 수 있게 손을 썼다.

잠시 시간이 흐르고 각자의 머릿속에 쓰러진 거인의 기억
이 영상으로 재생되어졌다.

머릿속에 처음 떠오른 영상은 사냥을 하기 위해 기억의 주
인과 다른 두 명의 거인이 산을 타는 모습이었다.

이들은 거대한 덩치와 그에서 비롯된 엄청난 체력으로 가
뿐히 산 3개를 넘어 평소 그들이 사냥하던 사냥터에 왔다.

"글림부트, 이쪽에 발자국이 있어."

"어, 알았어."

기억의 주인이 글림부트라는 이름을 쓰는 모양이었다. 두
거인은 거인족 언어로 말을 했지만 기억을 중계하는 로스틴
덕에 이델 포함 모두가 말을 이해할 수 있었다.

대화하는 모습만 본다면 조금 전의 어딘가 이지를 빼앗긴
모습과 전혀 다른, 그야말로 평범한 거인족들의 모습이었
다.

"아이스 웜일까."

"그럴지도 모르겠는데. 흐흐, 오랜만에 포식하겠는걸."

"만약 그렇다면 조금 버거울지도 모르겠는걸. 마을에 가서 인원을 더 보강해 다시 올까?"

"그러다 놓칠 수도 있어. 내 생각엔 이대로 놈을 사냥하러 가는 게 나을 것 같은데."

"나도 찬성이야."

두 동료의 말에 글림부트는 따라서 동의하지 않을 수 없었다.

곧 이들 거인족은 이틀을 더 움직여 아이스 웜이라는 마수를 추격했다.

쿵. 쿵.

"음? 무슨 소리지?"

사냥을 위해 걸음을 옮기던 거인들은 멀리서 아스라이 들려오는 소리를 듣곤 잠시 걸음을 멈췄다.

글림부트를 포함한 세 명의 거인은 소리의 관심을 잠시 드러냈다. 혹 아이스 웜의 것일지도 모른다는 생각에서였다.

헌데 바로 이때였다.

―영역을 침범한 자가 있다. 영역을 침범한 존재를 제거하라.

심중을 울리는 누군가의 목소리.

이것을 들은 순간부터 글림부터의 기억은 끊어져 버리고 말았다.

─이게 끝이네.

"방금 그 목소리, 뭐죠?"

─아마 짐작컨대 이자들은 드래곤의 종속인 것 같네.

"드래곤의 종속이라면 가디언을 말하는 겁니까?"

이델이 말한 가디언은 말 그대로 드래곤을 지키는 자였다.

물론 진짜로 드래곤을 지키는 것은 아니다. 어떤 종족도 드래곤보다 강한 힘을 가질 수는 없으니 말이다.

보통 가디언이라 하면 드래곤의 레어나 그 주변 영역을 지키면서 드래곤의 휴식을 건드릴 만한 침입자를 제거하는 일을 한다.

대부분 드래곤들은 이런 가디언을 대충 자신의 레어 근처에 사는 종족이나 마수, 마물 중에서 뽑는데, 이 경우엔 거인족이 그 대상이 됐다고 봐야만 한다.

─내 생각이 틀리지 않다면 이들이 이유를 불문하고 공격한 이유도 알 수 있지.

"그 이유가 무엇인가."

하프만이 다급히 물어오자 로스틴은 바로 그 이유를 밝혔다.

—드래곤은 자신의 가디언들에게 한 가지 종속의 인을 걸어두네. 그를 통해 가디언을 자유자재로 조종할 수 있고 또 그들의 시야로 상황을 지켜보는 것도 가능하지. 아마 마나 스캔으로 감지되지 않은 것은 이 종속의 인이 영혼에 직접 새기는 방식이라 그럴 것이네.

"허면 이들은 그 종속의 인이라는 것 때문에 이지를 잃고 우리를 제거하려 했다는 건가."

—그렇겠지. 그런데 보통은 이렇게 과격하게 가디언의 이지를 제압하면서까지 침입자를 바로 제거하지 않아. 적어도 내 시절 때는 그랬지.

"제 시절 때도 마찬가지였습니다. 아무리 드래곤이 성질 더럽고 자기밖에 모르는 오만한 존재라도 중립을 지키는 종족입니다. 자기의 영역에 함부로 발을 들이밀어도 처음에는 경보부터 하고 차츰 수위를 높여 갔었죠. 그런데 지금 이들은 처음부터 철저히 침입자를 제거하려 했지 않습니까. 이 앞으로 누구도 오지 못하게 하겠다는 강한 의지가 반영되어 이런 결과가 나온 것 같아요, 제 생각엔."

이델의 말에 로스틴과 하프만은 고개를 위아래로 끄덕거렸다.

어쨌거나 이걸로 이곳에 드래곤이 있다는 사실은 확실해졌다. 그렇다면 계속해 나아가야만 했다.

이델은 로스틴에게 물었다.

"어떻게 종속의 인이라는 건 해제할 방법이 없습니까?"

—드래곤이 만든 것이라 나로서도 손 쓸 방법이 없네.

"휴! 그렇다면 최대한 눈을 피해 레어로 숨어들어 가는 수밖에 방법이 없겠군요."

이델은 그리 말하곤 쓰러진 거인족들을 보았다. 이제 남은 것은 저들의 처리뿐이었다.

이델은 하프만을 보며 말했다.

"미안한 일이지만 이들은 여기다 두고 갈 수밖에 없을 것 같습니다."

"그래… 그래야겠지."

가슴 아픈 일이지만 다시 눈을 뜨게 되면 필경 드래곤의 주구로 침입자인 이쪽을 공격할 게 뻔했기 때문에 다치고 기절한 거인들을 여기에다가 방치할 수밖에 없었다.

뭐 대신에 안전을 위하여 삼중의 결계를 치고 부상 부분엔 포션을 발랐으니 뒷일은 크게 걱정하지 않아도 될 것이었다.

—좀 전 기억을 읽어보니 드래곤은 저기 보이는 칼처럼 뾰족한 산 위쪽에 살고 있다고 하는군.

"엄청 험난한 산이군요."

이올라의 말대로 지금까지의 산은 동네 뒷산 정도로 취급

할 만한 높고 험준한 산이 앞을 기다리고 있었다.

이곳 드래곤이 침입자를 매우 싫어한다는 사실을 알고도 이델 일행은 위험을 감수하고 눈앞의 산을 오를 수밖에 없었다.

**4장**

드 래 곤 로 드

휘이이잉.

엄청나게 불어오는 칼바람에 귀가 떨어져 나갈 것 같다. 하지만 그것은 큰 문제가 아니었다. 조금이라도 발을 헛디디면 당장 수백 미터 아래 낭떠러지로 떨어지고 말 것이었다.

"크윽!"

클라인은 힘을 내어 왼손에 든 단검을 저 위쪽의 빙벽에 꽂았다.

이럴 줄 알았다면 절벽을 오를 때 필요한 장비도 챙겨오는 건데. 때늦은 후회가 들었지만 지금에 와 생각한들 무슨 소용이 있겠는가.

그나마 오러를 운용할 수 있어 빙벽에 단검을 꽂으면서 전진할 수 있다는 게 다행이라면 다행이었다.

"꺄!"

"으윽."

밑쪽에서 비명이 들리기 무섭게 몸이 아래로 무섭게 끌려간다.

이델은 이를 악물고 한쪽 손으로 자신의 허리에 맨 밧줄을 꽉 잡아 당겼다. 이에 방금 전 이델이 만든 발판에서 미끄러져 허공에 대롱대롱 매달렸던 로위나는 겨우 구사일생으로 다시 빙벽에 매달릴 수 있었다.

'으으, 마법만 쓸 수 있다면 이 고생은 안 해도 되는데.'

이델을 제외하더라도 대마법사가 둘이나 있는데 굳이 맨몸으로 고생하는 데는 다 그만한 이유가 있어서다.

가디언으로 확인된 거인들을 통해 드래곤의 영역이 이곳이라는 것을 알게 되었다. 그리고 이곳의 드래곤이 매우 침입자를 싫어한다는 것 또한 알게 되었다.

덕분에 드래곤과의 교전이라는 최악의 사태가 벌어질 가능성이 좀 더 높아진 상태다.

우선은 이쪽의 안전을 최우선하며 움직일 수밖에 없었다. 그러기 위해서는 먼저 드래곤의 탁월한 마법 감지 능력에 들키지 않도록 최대한 마법을 쓰지 말아야 했다.

이는 그나마 드래곤에 대해 알고 있는 이델의 제안으로 이뤄진 것이었다.

'숨어 있는 오러 유저도 단번에 찾아낼 수 있는 드래곤의 초감각은 내가 알기론 최대 1km까지다. 하지만 마법 탐지의 경우엔 무려 수십 km를 커버한다고 들었다. 우선은 마법을 일체 쓰지 않아야 1km까지 무사히 접근할 수 있다.'

그러기 위해서 마법의 힘을 빌리지 않고 빙벽을 올라야 했던 것이다. 이제와 돌이켜 생각하면 후회가 살짝 되기도 하지만 여기서 포기할 수는 없었다.

"후욱, 후욱."

가장 선두에서 나아가던 이델은 잠시 멈춰서 숨을 골랐다.

아무리 오러로 버틴다지만 빙벽 수백 미터를, 여러 명을 뒤에 묶은 채 올라오느라 이미 체력이 상당히 소진된 상태였다.

하지만 언제까지 빙벽에 대롱대롱 매달려 있을 수만은 없는 일이었다. 이델은 힘을 내어 다시 위로 오르기 시작했다.

"으라챠!"

이제 빙벽 끝까지는 얼마 남지 않았다. 이델은 마지막 힘까지 짜내 빙벽을 기어올랐다.

키루루루.

눈바람 소리 사이로 뭔가 다른 소리가 들렸다. 하지만 일행

모두 그 소리를 듣지 못했다. 그사이 빙벽을 향해 검은 형체가 점점 다가왔다.

"이제 조금만 더……."

고지가 얼마 안 남았다는 사실을 알리기 위해 이델은 몸을 살짝 틀어 아래를 보려 했다. 그러다 눈바람을 가르며 나타난 마수의 존재를 알아챘다.

"크오오오!"

나타난 마수는 새하얀 비늘을 가진 거대한 드래곤의 모습을 하고 있었다. 하지만 이 존재는 진짜 드래곤이 아닌 그 외형만 어느 정도 닮은 화이트 웜이라는 마수였다.

거인들을 사냥하려 했던 마수는 지금 이델 일행을 사냥하려는 것이었다.

'하필이면!'

상황이 안 좋아도 너무 안 좋았다.

이델은 거대한 입을 벌리고 자신을 덮치려는 화이트 웜을 상대로 파이어 볼 마법을 날렸다.

한쪽 손으로 빙벽에 의지해야 했기에 몸이 흔들렸다.

"꺄악!"

밑에서 로위나의 비명이 들렸다. 흔들림이 그녀에게도 영향을 준 모양이다.

급히 다시 떨어진 손으로 빙벽에 꽂힌 단검을 붙잡으며 이델은 몸을 지탱했다.

"크롸라라!"

파이어 볼을 정통으로 얻어맞았음에도 화이트 웜은 건재했다. 놈은 제자리에서 날개를 퍼덕이며 다시금 공격 기회를 엿봤다.

이때, 아래쪽에서 목소리가 들려왔다.

"여기서 자칫 잘못 싸우게 되면 빙벽이 무너지네. 자네는 위로 올라가는 것만 생각하게."

"알겠습니다."

하프만의 목소리였다. 지금 상황에서 그의 말이 제일 옳은 것 같았다. 위를 보니 조금만 더 가면서 될 것 같았다.

이델은 단검을 뽑아 힘껏 위쪽에 꽂으며 다시금 한 걸음, 한 걸음 위로 올라가기 시작했다.

"크롸!"

―에너지 볼트!

로스틴이 마법으로 다시 이델을 공격하려는 화이트 웜을 막았다.

―게일 윈드.

조금 물러난 화이트 웜의 주위로 절삭력 있는 돌풍이 불기 시작했다. 위력은 강하지 않았지만 화이트 웜이 공중에서 몸부림 칠 정도의 고통은 주었다.

그 틈에 일행은 빙벽을 서둘러 올랐다.

"됐다!"

이델이 맨 처음 정상에 오르는 데 성공했다. 그다음으로 차례차례 일행들이 이델의 도움을 받아 위로 올라왔다.

마법이 해체되고 화이트 웜은 고개를 좌우로 움직이며 일행을 찾았다. 그러다 마침내 빙벽 위에 있는 일행을 발견하게 되었다. 곧 놈은 날개를 퍼덕이며 빙벽으로 낙하를 시작했다.

"크롸롸롸!"

"잘도 까불었겠다. 이거나 먹고 떨어져라, 공파참!"

"스톰 브레이크."

이델과 이올라의 오러 기술이 화이트 웜을 향해 작렬했다.

튼튼한 몸을 가진 화이트 웜이었지만 가장 취약한 날개를 노린 공격을 견디지 못하고 결국 빙벽 아래로 추락하고 말았다.

"휴, 겨우 떨어뜨렸네."

"으아!"

로스틴을 뺀 나머지 모두가 겨우 긴장을 풀고 바닥에 주저앉을 수 있었다. 정말이지 힘든 빙벽 등반이었다.

잠시 그렇게 휴식을 취하니 그제야 주변의 풍경이 눈에 들어왔다.

"산 정상이 바로 보일 정도인데."

"으우우, 너무 춥다."

모피 옷을 두툼하게 입었음에도 추위를 호소하며 아예 이올라 옆에 찰싹 붙은 캐넌의 모습에, 이델은 한시라도 빨리 드래곤의 레어를 찾아야겠다고 생각하였다.

"음?"

저 멀리 동굴 같은 게 눈에 들어왔다. 동굴 입구는 아까의 화이트 웜이 들어갔다가 나왔다 해도 될 만큼 컸다.

드래곤들이 레어로 삼을 만한 장소로 보였다. 하지만 무턱대고 접근할 수는 없는 일이었다. 먼저 주변의 상황을 알아야 했다.

이델은 로스틴에게 도움을 구했다.

"어떻습니까, 로스틴 님."

―모르겠군. 뭔가 다른 곳과 이질적인 느낌이 들지만 이 앞으로 펼쳐진 술식이 뭔지 파악할 수 없군.

로스틴은 고개를 좌우로 흔들며 말했다. 일단은 이 앞으로 뭔가 장치된 게 있는 것은 확실한 것 같은데 그게 뭔지 모른다는 게 문제였다.

"로위나 님은 뭔가 알겠습니까?"

"몰라, 몰라."

고된 등반으로 지친 로위나는 퍼진 채로 대충 대답하였다.

결국 마법사들은 뚜렷한 대답을 주지 못한 바람에 무턱대고 직진할 수만은 없게 되어버렸다. 뭔가 다른 수단을 찾아야 했다.

"코앞에 목적지를 두고 손 쓸 방법 없이 이렇게 있어야 하다니."

"일단 방어를 철저하게 하며 돌파하는 게 어떻겠나."

"끄응. 그래도 되겠지만 드래곤이 깔아둔 마법이라면 아무리 우리라도 목숨이 위험할 것 같은데요, 하프만 님."

이때, 이올라가 말했다.

"그럼 상대를 불러내죠."

"응?"

"우리의 뜻을 떳떳하게 밝힌다면 분명 상대도 반응을 보일 겁니다."

너무나 일반적이라 아무도 생각하지 않은 방법을 이올라가 제시했다. 미처 그 방법을 떠올리지 못했던 이델은 머리를 긁적였다.

"그런 방법도 있긴 하지."

생각해 보면 어차피 목적은 드래곤과의 대화 아닌가. 이쪽의 목적을 먼저 밝혀 대화를 시도하는 것도 나쁘지 않은 방법이라 할 수 있었다.

다만 한 가지 마음에 걸리는 게 있었다. 그것은 바로 가디언들이 보인 반응이었다.

'보통 방식보다 거친 대응을 가디언들에게 각인시킨 것을 보면 성질이 괴팍하거나 자기 영역에 누가 들어오는 것을 끔찍이 싫어하는 드래곤일 것 같은데. 과연 무사히 대화만 할 수 있을까.'

자칫 잘못하면 충돌이 생길 수도 있는 일이다. 만에 하나 정말로 전투라도 하게 된다면 지금 있는 곳은 무척 불리한 장소였다.

딱히 숨을 곳도 없는 탁 트인 장소라, 공중을 날 수 있는데다가 거대한 육체를 십분 활용해 전투를 벌일 수 있는 드래곤의 입장에서는 최적의 전투 장소라 할 수 있었다.

"어떻게 하실 생각이죠?"

"이올라의 말이 맞는 것 같아. 드래곤을 부르는 방법이 제일 좋은 방법이라고 나도 생각해. 하지만 최악의 경우를 대비해 미리 만전의 준비를 갖추고 일을 진행하는 게 좋겠어."

"찬성이에요."

"음, 나도 동감이네."

이올라와 하프만은 바로 찬성의 뜻을 나타냈다.

"드래곤과 싸운다고? 하아, 정말 싫다."

로위나는 드래곤과 싸워야 할 수도 있다는 말에 크게 푸념하였다. 그렇지만 이델의 뜻에 반대를 하지는 않았다.

잠시 뒤, 이델은 동굴을 보며 큰 소리로 외쳤다.

"위대한 드래곤이시여, 그대를 만나기 위해 이곳까지 온 이들입니다. 잠시 그 모습을 보여주실 수 없으십니까."

마법으로 키워진 목소리가 메아리치며 산 전체에 울려 퍼졌다. 하지만 아무리 기다려도 별다른 일은 벌어지지 않았다.

이에 이델은 다시 한 번 목소리 높여 말하였다.

"전 신들의 선택을 받은 용사 이델 카스트로라고 합니다. 마왕을 토벌하기 위해 힘을 빌리고자 이곳까지 찾아왔습니다. 그러니 부디 모습을 드러내 주십시오."

자신이 용사라는 사실까지 밝혔다. 하지만 그럼에도 별다른 반응을 찾아볼 수가 없었다.

이렇게 되니 정말로 여기에 드래곤이 있는지 아리송할 지경이었다.

"없는 거 아냐?"

"조금만 더 해보죠."

로위나의 말에 이델은 좀 더 시간을 갖고 드래곤을 불렀다.

갖가지 말로 드래곤의 관심을 끌었지만 아무런 반응도 없었다. 그런 가운데 해는 슬슬 서쪽 산마루 쪽으로 기울어져 가고 차가운 바람이 일행을 덮쳐왔다.

"아으, 추워."

"히잉!"

로위나와 캐넌은 서로 찰싹 붙어 조금의 온기라도 나누려는 모습을 보였다. 그나마 오러를 통해 추위를 어느 정도 무시할 수 있던 이델조차도 슬슬 춥다는 느낌을 받았다.

이렇게 되니 다른 사람들은 물론 이델도 참는 데 슬슬 한계를 느끼게 되었다.

1시간이 더 흐르고 동굴 쪽에서 아무런 반응이 없자 이델은 결국 인내심의 한계에 도달해 폭발하고 말았다.

"이렇게 해도 안 나온다 이건가."

"이델?"

"그럼 이렇게 하면 어떨까."

순간 성검이 뽑혀지고 창공검이 전개되었다. 그 모습을 본 이올라는 급히 이델을 만류했다.

"진정하세요."

"레어 근처가 쑥대밭이 되면 튀어나오겠지."

"그러면 전투를 피할 수 없게 돼요. 우리 목적을 잃어버린 건가요?"

"그, 그건 아니지. 후우!"

잠시 이성이 나갔던 모양이다. 이델은 숨을 깊게 내뱉으며 흥분한 마음을 가라앉혔다.

이올라는 그 모습을 보고는 슬쩍 잡았던 손을 놓았다. 잠깐이지만 두 사람은 눈을 마주쳤다.

"……."

"흠흠."

잠시 추위도 잊게 할 어색한 공기가 두 사람 사이에 흘렀다.

"음, 저건⋯⋯."

갑자기 하프만이 손가락으로 동굴 쪽을 가리켰다. 갑작스런 그의 행동에 모두의 시선이 손가락이 가리킨 방향으로 향했다.

"여자아이?"

이 추운 설산에는 어울리지 않는 하얀 레이스의 드레스를 입은 금발의 소녀가 보였다.

뭔가 잔뜩 화가 난 표정으로 일행을 보던 소녀는 느닷없이 큰 소리를 내질렀다.

"당장 내 집 앞에서 나가!"

그 목소리에 순간 산이 흔들렸다.

"크으!"

"꺄아악!"

두 귀를 틀어막아도 고통스러울 정도의 고음에 로스틴을 제외한 모두가 괴로워했다.

—사일런스.

로스틴은 침묵의 주문으로 소리를 지웠다. 하지만 그것은 얼마 못 갔다. 소녀가 손짓을 하자 침묵의 주문이 단번에 깨진 것이었다.

　─이 힘은?

　"너… 살아 있는 자가 아니구나."

　수백 미터나 떨어져 있음에도 소녀의 목소리가 바로 앞에서 말하는 것처럼 들려왔다.

　소녀는 정체를 숨기고 있는 로스틴을 정확히 꿰뚫어 보았다.

　이델은 고통스러워하면서도 소녀를 똑바로 보았다.

　'설마 저 소녀가 이 산에 사는 드래곤인 건가?'

　아무리 생각해 봐도 그것밖에 답이 없었다.

　폴리모프로 본체가 아닌 다른 종족의 모습으로 변할 수 있는 드래곤이라면 딱히 이상할 것은 없었다.

　어쨌거나 드래곤이 모습을 드러냈으니 어서 이쪽의 뜻을 밝히고 원만히 대화를 시도해야 했다.

　"나와!"

　하지만 그보다 먼저 소녀는 눈밭을 향해 명령을 내렸다. 그러자 드드득 소리와 함께 땅이 움직였다.

　"뭐지?"

　곧 대지 위로 거대한 얼음의 거상이 나타났다. 그것들은 바로 마법으로 만들어진 아이스 골렘이었다.

　소녀는 모습을 드러낸 아이스 골렘들에게 명령을 내렸다.

"당장 저것들을 여기서 치워!"

마치 집 앞에 버려진 쓰레기를 치워 없애라는 듯 앙칼진 목소리로 명령하자 아이스 골렘들은 적의를 가지고 이델 일행을 향해 움직이기 시작했다.

                    *        *        *

어째서 자신이 아닌 아이스 골렘을 시켜 공격한 것인지는 알 수 없었지만 어쨌건 지금은 당장 닥친 위기를 모면하는 게 우선이었다.

"칫! 로스틴 님, 우선 광역 마법으로 일대를 날려주십시오."

—알았네.

이델의 청에 로스틴은 마력을 집중시켰다.

—모든 것을 태우는 영겁의 홍염이 대지를 불사른다. 프로미넌스!

로스틴이 완성한 마법이 아이스 골렘들과 전방의 대지를 덮쳤다.

이때, 드러나지 않고 은밀히 있던 마법 술식이 연달아 작동했다.

"로위나 님!"

"알고 있어."

일부의 마법 술식이 공격용으로 사용되어 일행 쪽으로 날아왔다. 하지만 로위나가 펼친 방어막이 한 발 더 빨랐다.

쾅! 콰앙!

마법이 부딪치는 사이에 로스틴이 만들어낸 화염은 마법 상쇄에 의해 빠르게 꺼져갔다. 그러자 반쯤 녹다 만 아이스 골렘들이 주변의 냉기를 흡수하고 몸을 수복시키면서 다가왔다.

"캐넌은 로위나 님과 로스틴 님을 호위해."

"응, 알았어."

이델은 곧바로 앞으로 달려갔다.

"하아앗!"

기합과 함께 이델은 창공검이 전개된 성검을 빠르게 좌우로 휘둘렀다. 이에 두 마리의 아이스 골렘 몸이 크게 쪼개졌다. 하지만 그 상처는 금방 아물어갔다.

"스톰 디바이드!"

뒤따라온 이올라가 아이스 골렘들을 향해 녹색의 오러를 뿜어냈다. 이번의 공격은 몸체 꽤 깊숙한 곳까지 베고 들어갔다. 그렇지만 역시 이 상처도 주변의 얼음이 응결되면서 회복되어 갔다.

"아무래도 핵을 직접 베지 않는 한 끝이 없을 것 같아."

"핵이라 하면?"

"골렘의 몸에 흐르는 마력을 잘 감지해 봐. 찾다 보면 마력이 집중되는 부분이 있을 거야."

"알겠습니다."

이델의 조언을 받은 이올라는 기감을 끌어 올려 아이스 골렘 몸체에서 느껴지는 마력의 흐름을 감지했다. 오러 유저인 그녀는 곧 몸체 안에 흐르는 마력의 감지할 수 있었다. 그리고 얼마 못 가 왼쪽 가슴에 응집된 마력을 찾아내었다.

그것을 찾은 이올라는 주저 없이 대검을 아이스 골렘의 가슴팍에 찔러 넣었다.

콰직.

대검의 끝이 마력의 핵을 찌르자 아이스 골렘은 자신의 무게를 스스로 지탱하지 못했다. 곧 몸체 곳곳에 금이 생기더니 결국 산산조각 나 무너져 버렸다.

이올라가 한 마리를 해치우는 사이에 이델은 무려 3마리나 해치웠다.

"헙!"

하프만은 두 사람보다 더 쉽게 아이스 골렘을 부수고 있었다. 그저 본체의 상태에서 도끼질 한 번 하고 발을 몇 번 부수면 끝이었다.

이렇게 세 사람이 수십 기에 이르는 아이스 골렘을 일방적으로 박살 내자 소녀의 낯빛이 점점 창백해졌다.

"우린 어디까지나 마왕을 쓰러뜨릴 목적을 갖고 여기에 왔어. 제발 우리의 말을 들어줘."

"힉!"

이델의 말에 소녀는 지레 겁먹은 표정을 지었다. 드래곤이라고는 생각되지 않는 반응이었다.

소녀는 이델의 말은 듣지도 않고 무차별 마법을 날렸다.

"제길!"

갖가지 마법이 날아드는 모습에 아이스 골렘과 싸우던 이델은 치를 떨었다.

다행히 로스틴과 로위나의 마법이 앞에서 싸우는 이들을 지켜주었다. 소녀, 아니 드래곤이 쓰는 마법 자체는 그렇게 강력한 마법은 아니었다. 하지만 담겨 있는 마력이 워낙 커 펼쳐진 방어막을 뻥뻥 뚫어댔다.

그것을 본 이델은 저대로 놔둬선 안 되겠다고 생각하였다.

"하앗!"

막 상대하던 아이스 골렘을 두 동강 내고 이델은 에어 워크를 펼쳤다. 그는 단숨에 수십 미터 위까지 떠올랐다.

"간다!"

이델은 드래곤이 있는 동굴 앞으로 매섭게 낙하하였다.

"다이빙 드라이브!"

"히익!"

자신을 향해 하늘빛 오러를 뒤덮고 낙하하는 이델을 보며 드래곤은 겁에 질렸다. 하지만 그것과 별도로 파이어 볼을 수십 개나 만들어내 이델이 날아오는 쪽으로 던졌다.

'뚫는다!'

이델은 자신을 향해 날아오는 파이어 볼을 신경 쓰지 않고 계속 낙하했다.

쾅! 콰앙!

파이어 볼이 터질 때마다 강한 충격이 이델에게로 전해졌다. 하지만 그것을 버티며 지상까지 도달하였다.

순간 거대한 폭음과 함께 충돌 지점에서 강한 바람이 불어닥쳤다.

"이델!"

이올라는 그 현장을 보며 이델의 이름을 목청껏 불렀다.

"으, 으윽."

드래곤은 넘어진 상태에서 눈을 떴다. 방금 전 본능적으로 발동시킨 보호 주문 덕분에 몸은 멀쩡했지만, 정신적 충격으로 잠시 의식을 잃었던 그녀는 몸을 일으키려 했다. 하지만 그때, 그녀의 목에 검이 겨눠졌다.

검의 주인은 바로 이델이었다.

"당장 저 아이스 골렘들을 멈춰."

"흑, 으아아앙!"

돌연 상대가 울음을 터트리자 이델은 순간 자신의 눈을 의심해야만 했다.

세상에 드래곤이 우는 모습을 다 보게 되다니. 천 년의 시간을 뛰어넘다 보니 별일을 다 보게 되는 것 같다.

아무튼 지금은 그게 중요한 게 아니었다.

정체가 드래곤이라는 것을 뻔히 알지만 겉모습은 어쨌든 가녀린 소녀라 그런지 어서 달래야 한다는 생각을 하게 되었다.

"미안, 내가 심했지."

"으아앙."

"와앗! 내가 잘못했어. 그러니 한 번만 봐주라."

사정도 해보지만 별 소용이 없었다. 아무래도 어린 소녀와 자신이 맞지 않는다고 생각한 이델은 아직 아이스 골렘과 싸우고 있는 이올라에게 도움을 청했다.

"이쪽으로 와줘, 이올라!"

이델의 부름에 이올라는 참격으로 상대하던 아이스 골렘의 다리를 베고 달려왔다.

이올라는 잠시 이델과 울고 있는 소녀를 보곤 살짝 놀라는 표정을 보였다. 그런 그녀에게 이델은 다급히 말했다.

"길게 설명할 시간이 없으니 일단 이것부터 말할게. 나를 대신해서 이 드래곤 좀 달래줘."

"에?"

"아리스나 캐넌에게 했던 대로만 하면 돼. 그럼 뒤를 부탁할게."

그 말만 하고 이델은 이올라가 하던 역할을 맡으러 훌쩍 자리를 떠나 버렸다.

갑자기 일을 떠맡은 이올라는 아이스 골렘들이 있는 곳으로 달려가는 이델과 차가운 눈밭에 주저앉아 눈물을 보이는 소녀를 번갈아 보았다.

"휴우."

이올라는 긴장 빠진 한숨을 푹 내쉬며 자신에게 떠맡긴 일을 하고자 소녀에게 다가갔다.

\*　　　\*　　　\*

소녀는 이제 눈물을 흘리지 않았다. 하지만 아직 감정이 채 수습되지 않았는지 어깨를 살짝 들썩였다. 그 모습을 보며 이델은 황당하다는 듯이 고개를 좌우로 흔들었다.

"훌쩍."

이올라의 노력으로 간신히 달랜 끝에 이델 일행은 겨우 아이스 골렘과의 전투를 중지할 수 있었다. 생각했던 것과 다른 싱거운 결과였다.

—내가 아는 드래곤과 많이 다르군.

"동감입니다."

로스틴의 말에 이델은 고개를 주억거리며 맞장구를 쳤다.

믿기진 않지만 눈앞의 이 소녀가 드래곤인 건 확실했다. 다만 그렇게 보이지 않을 정도로 성격이 특이할 뿐이었다. 그런데 더 놀랄 만한 일은 따로 있었다.

"그런데 좀 전의 말, 정말 사실일까."

"거짓말은 아닌 것 같았어요."

자신을 위로해 준 이올라에게 소녀, 에일라이드는 이름을 밝히고 또 본인이 골드 드래곤 일족임을 알렸다. 여기까지는 무난했다. 하지만 뒤이은 자기소개는 드래곤에 대해 잘 아는 이델과 로스틴을 충격에 빠트리게 하기 충분한 것이었다.

"그렇다 해도 드래곤 로드라니. 믿기지가 않는데."

"그 드래곤 로드라는 건 대체 뭐죠?"

이올라는 드래곤 로드가 뭔지 잘 몰랐다. 그런 그녀를 위해 이델은 설명을 해주었다.

"단독으로 살아도 아무 상관 없을 정도로 강한 탓에 동족과의 유대가 옅은 드래곤이지만 그래도 자신들 사이의 중개자로서 대표를 뽑거든. 그게 바로 드래곤 로드야."

"그렇군요."

"보통은 당대의 드래곤 중 가장 나이가 많고 현명한 드래곤이 그 자리를 맡게 되는데… 아무리 봐도 에일라이드라 하는 이 드래곤은 젊은 것 같단 말이지."

그렇게 말한 이델은 에일라이드를 빤히 보았다.

아무래도 이쪽에서 질문을 몇 가지 해볼 필요가 있을 것 같았다.

"저기, 에일라이드 님."

"응? 나?"

이델의 말에 에일라이드는 반응을 보였다. 존칭으로 불리는 것도 어색해하는 게, 도무지 드래곤 같아 보이지 않았다. 하지만 괜히 심기를 거슬러 또다시 싸우는 일이 없도록 하기 위해 이델은 공손히 그녀를 대하였다.

"당신이 드래곤 로드가 분명합니까? 의심하는 것은 결코 아니고, 저희가 상상하던 것과 너무 달라 당혹스러워 드리는 질문입니다."

"후우, 아마도 제 모습을 보고 실망하셨겠죠. 알아요, 제가 드래곤 로드라는 막중한 책임을 지기엔 턱없이 부족하단 사실을요."

드래곤이면서 약한 모습을 보이는 것도 참 특이하다.

에일라이드는 자신이 어떻게 드래곤 로드가 되었는지 그 이야기를 들려주었다.

"전대의 드래곤 로드는 저에겐 할아버지이셨던 아크로셴이셨어요. 300여 년 전 마왕이 출현해 세상을 바꿨을 때, 할아버지는 여러 드래곤과 힘을 합쳐 그를 제거하고 다시 세계의 균형을 맞추려고 하셨죠."

당시 드래곤 로드였던 아크로셴은 5,000살이 넘는 고룡이었다. 그를 필두로 당시 드래곤 종족의 절반에 해당되는 70마리의 드래곤이 마왕과 마왕군을 상대로 싸웠다.

그중에는 에일라이드의 부모도 있었다.

드래곤들은 분명 강했지만 이미 세계의 주도권을 신들에게서 강탈한 마왕을 상대하기에는 역부족이었다.

무려 3달 동안 펼쳐진 싸움으로 인해 수많은 대지가 파괴되고 수백만에 달하는 마족과 전쟁에 참가한 많은 드래곤이 희생되었다.

"결국 마왕을 쓰러뜨리지 못하고 할아버지는 마지막 기력을 짜내 당시 해츨링에 불과했던 절 찾아오셨어요."

"해츨링이었다면, 지금 나이가……."

"이제 겨우 700살이에요."

"하, 하하."

겨우 700살인가. 하지만 드래곤의 수명을 놓고 본다면 어린 축에 속하는 것은 분명하다. 해츨링을 벗어나 성룡으로 인정받는 것을 생각하면 말이다.

그러면 여기에서 한 가지 의문이 생긴다. 어째서 그런 어린 드래곤 에일라이드가 드래곤 로드가 될 수 있었냐는 의문이었다.

에일라이드는 곧 그 의문을 풀어주었다.

"로드는 단순히 위임하면 넘어가는 게 아니에요. 아주 먼 옛날 각 일족의 수장들이 처음 로드를 뽑자고 했을 때 그 권위와 위치에 맞는 힘을 위해 하나의 권능을 로드에게 부여했죠."

"그렇다면 그 권능을 에일라이드 님이 이어받은 겁니까."

"예. 당시 할아버지는 다른 드래곤이 오기 전까지 버틸 수 있는 상황이 아니었어요. 원래라면 각 일족의 대표들이 모인 자리에서 합당한 자가 물려받아야 했지만 그럴 수 없어서 할아버지는 제게 임시로 직위를 이어받게 하셨죠."

정상적이지 않은 방법으로 로드의 직위를 승계시킬 만큼 300년 전의 드래곤족도 급박했다는 것을 이델을 에일라이드의 말을 통해 느낄 수가 있었다.

"사실 이곳에 온 목적은 드래곤을 만나 우리의 뜻을 드래곤 로드에게 전하기 위함이었습니다."

"뜻? 설마 아까 동굴 밖에서 했던 말이 그것이야?"

"네, 그렇습니다."

이델의 차분한 대답에 에일라이드의 얼굴빛이 변했다. 그녀의 눈빛에서 볼 수 있는 건 바로 공포였다.

모두의 공포가 되는 드래곤이 공포를 드러내는 모습을 볼 수 있다는 것 자체가 신기했다. 하지만 동시에 왜 저렇게 공포에 떠는지 그 이유도 궁금했다.

"왜 그러시죠?"

"아, 아냐. 아무것도."

에일라이드는 이델의 물음에 답하지 않았다. 그런 그녀를 향해 이올라가 말을 하였다.

"저희는 마왕을 쓰러뜨릴 수 있는 방법을 가지고 있습니다. 부디 드래곤 여러분도 힘을 보태줬으면 합니다."

"마왕을 쓰러뜨린다니……."

"왜 그러십니까."

"……."

특히 마왕이라는 단어에 얼어붙는 에일라이드의 반응에 이델은 뭔가 짚이는 게 있었다. 그러나 내색하지 않으며 다시 말을 꺼냈다.

"어쩌면 단 한 번의 싸움으로 결판을 지을 수 있을지 모릅니다. 하지만 그를 위해서는 드래곤 로드이신 당신과 드래곤들의 힘이 절실히 필요합니다."

"전… 싸울 수 없어요."

에일라이드의 말에 이델을 뺀 모두가 충격에 빠졌다.

드래곤이 자신보다 아래인 종족들의 말에 쉽게 따를 것이라고는 생각하지 않았다. 하지만 세계의 균형을 지켜야 하는 사명이 있는 이들이기에, 이 불균형한 세계를 타파하고픈 마음을 가지고 있을 것이라 생각했다. 하여 타파할 길을 일러주면 분명 호응을 있으리라 내심 기대하고 여기까지 온 것이었다. 그런데 이렇게 단칼에 거절당하니 충격이 아닐 수 없었던 것이다.

하프만이 물었다.

"어째서 싸울 수 없다는 것입니까, 드래곤이시여."

"⋯⋯."

에일라이드는 슬픈 표정을 지으며 대답하지 않았다. 그녀를 보며 이델은 자신이 짐작한 게 틀리지 않았다는 것을 알게 되었다.

"드래곤이시여, 그대는 마왕과 싸우는 것이 두렵습니까?"

"난, 나는⋯⋯."

에일라이드의 반응에 다른 이들은 또 한 번 놀랐다. 하지만 이델은 그렇게 놀라지 않았다.

아니, 오히려 어느 정도 에일라이드의 마음을 이해할 수 있었다.

"드래곤의 나이로 치면 아직 어린 당신이 압도적인 힘을 가진 마왕을 두려워하는 마음을 알 수 있습니다. 고룡이었던 당신의 할아버지도 이기지 못한 상대를 자신이 싸울 수 없다고 생각하고 있지 않습니까. 그래서 지나칠 정도로 자신의 영역을 지키며 숨어 살던 것 아닙니까."

"후, 맞아요."

에일라이드는 결국 사실을 토로했다.

"전 두렵습니다. 할아버지도 하지 못한 일을 겨우 제가 할 수 있으리라 생각하지 않아요. 그렇기 때문에 지난 300년간 세상과 단절되어 오로지 이곳에서만 보냈죠. 그리고 언제 닥칠지 모를 마왕의 손길을 걱정해 저만의 성을 만들었죠."

"그 마음, 이해 못하는 것은 아닙니다. 하지만 이제는 달라져야 합니다."

"달라져야 한다고요?"

"예."

이델은 에일라이드를 똑바로 응시하며 말했다. 지금 이 자리에서 그녀를 설득하지 못한다면 드래곤 종족과의 동맹은 처음부터 꿈도 꾸지 못하게 될 것이 분명했다.

그리 된다면 마왕 토벌은 성공 가능성이 낮은 채 할 수밖에 없을 것이었다.

"이렇게 부탁합니다. 부디 저희의 이야기를 듣고 다시 한번 고려해 주세요."

"저기, 그건……."

"저도 부탁드리겠습니다."

이올라도 동참해 고개를 숙이며 부탁했다. 그뿐만이 아니었다.

"드래곤이시여, 부디 이 세계를 위해 한 번만 더 심사숙고해 주십시오."

"무슨 드래곤이 패기가 이렇게 없어. 이야기 속의 드래곤들이 보이던 강인함은 다 거짓말이었나."

"쉿쉿! 그렇게 자극하면 어떻게 합니까, 로위나."

"내가 뭘!"

에일라이드는 이델 일행의 말에 조금씩 흔들렸다.

자신보다 오래 살지도 않았을뿐더러 약한 존재인 그들이 스스럼없이 마왕을 척살하겠다고 하니 새삼 신기하게 다가왔던 것이다.

많이 망설인 끝에 에일라이드는 말을 하였다.

"그럼… 한번 이야기라도 들어볼게요."

"정말입니까?"

"예……."

작아지는 목소리로 대답하는 에일라이드를 보며 이델을 비롯한 모두가 기쁨을 드러냈다.

"좋습니다. 그러면 처음부터 천천히 이야기를 들려드리죠."

"들려주세요."

경청할 준비를 끝냈다는 듯 고개를 끄덕이는 에일라이드를 보며 이델은 자신의 이야기부터 시작해 모든 것을 말하기 시작했다.

*　　　*　　　*

이야기는 무려 장장 3시간에 걸쳐 이뤄졌다. 나중에는 말하는 이델이 더 힘들 정도였다. 그러나 듣는 사람이 워낙 눈을 반짝이며 집중하고 있어 중간에 멈출 수도 없었다.

"이상이 전부입니다."

"후아, 잘 들었어요."

초롱초롱한 눈빛을 하며 에일라이드는 말했다. 지금의 그녀는 마치 놀라운 모험담을 들은 어린아이의 모습과 같았다.

"모험담은 레어에 있는 책으로밖에 보지 못해서 그런지 당신들의 이야기를 들으니 너무 신기해요."

"설마… 지금까지 한 번도 레어를 나간 적이 없어?"

"아, 예. 해츨링일 때는 레어를 나가는 게 금기시되었거든요. 그리고 해츨링이 아니게 되었을 때는… 제 발로 세상에 나갈 수 없었어요."

마족에게 자신의 존재가 드러날까 두려워 나가지 않았다

는 말은 차마 하지 못하고 에일라이드는 풀 죽은 모습을 보였다.

어째서 에일라이드가 이렇게 드래곤답지 않은 소극적인 성격인지 알 것 같다.

본래라면 해츨링 시기를 지나 인간 혹은 다른 여러 지성을 가진 종족으로 변해 외유를 나가, 세상을 경험하며 인격을 확립하고 다른 드래곤들을 만나면서 종족에 대한 자각을 한다. 그러지 못한 바람에 아직도 해츨링 시기의 유아적인 인격을 버리지 못한 게 지금의 에일라이드를 만든 게 분명했다.

아무튼 지금은 그게 중요한 게 아니었다.

이델은 자신의 이야기가 제대로 받아들여졌는지를 알기 위해 질문하였다.

"저의 말을 믿을 수 있으시겠습니까?"

"예, 어느 정도는…. 특히, 당신이 용사라는 것은 확신할 수 있을 것 같네요."

"어째서입니까."

"저에게 내려진 드래곤 로드의 권능은 운명의 신 카르마의 신력에서 비롯된 것이죠. 그렇기 때문에 카르마께 점지 받은 용사를 본능적으로 알 수가 있어요."

"그럼 처음부터 알았던 겁니까."

"예. 하지만 낯선 침입자란 생각에 그만 무작정 공격만 했던 것 같아요. 정말로 죄송하게 생각해요."

에일라이드는 드래곤답지 않게 소심한 태도로 사과를 해왔다. 뭐 이제는 그렇게 신기하게 느껴지지 않을 정도가 된지라 이델은 그냥 평범하게 사과를 받아들였다.

"그럼 다시 한 번 묻겠습니다. 저희와 동참하실 마음이 있으십니까?"

"휴! 여러분이 했던 말이 사실이라면 승산이 있을지도 몰라요. 하지만 전 드래곤 로드의 권능만 물려받았을 뿐, 드래곤이란 개체로서는 약해요. 그런 제가 도움이 될 수 있을까요."

"에일라이드 님뿐만 아니라 다른 드래곤들에게도 도움을 청해야 하겠죠. 그래서 말씀드리는데, 다른 드래곤들에게 우리의 이야기를 알려서 동참을 하게끔 할 수 없겠습니까?"

이델의 청탁에 에일라이드는 고개를 가로저으며 말했다.

"전 여태까지 다른 드래곤을 본 적이 없어요."

"아참, 그렇다고 했지."

이델은 에일라이드가 다른 드래곤과 접촉한 적이 없다는 사실을 다시 상기해 내면서 내심 혀를 찼다.

이렇게 되면 결국 다른 드래곤을 또 찾아가야 한다는 소리가 된다. 이번 한 번도 힘들었는데 같은 시도를 또 해야 한다니 눈앞이 캄캄해지는 일이 아닐 수 없었다.

"저기… 하지만 방법이 아주 없는 것은 아니에요."

"무슨 말씀이시죠?"

"드래곤 로드의 권능을 이용하면 드래곤 일족 전체에게 소집령을 내릴 수가 있어요."

"정말이야?"

너무 기쁜 나머지 자신이 에일라이드에게 반말을 했다는 사실도 모른 채 이델은 재차 확인을 하였다.

이에 에일라이드는 고개를 살짝 끄덕이며 말했다.

"한 번도 쓴 적은 없지만 할아버지께 들은 것이니 확실히 될 거예요."

"그런데 왜 그런 방법이 있는데 다른 드래곤들과 만나지 않았던 것입니까."

중간에 끼어들어 하프만이 묻자 에일라이드는 멋쩍은 표정을 지으며 대답했다.

"이 방법을 쓰게 된다면 마왕이 저의 존재를 알아챌 가능성이 높아요. 해서 마왕의 눈에 띄지 않기 위해 일부러 쓰지 않았어요."

"잠깐, 그 말인즉 소집령을 펼쳐 드래곤들을 호출한다면 마왕이 감지할 수 있다는 건가요."

"예. 그럴 가능성이 높을 거예요. 어디까지나 추측이긴 하지만요."

주변 분위기에 약간 위축되어 답한 에일라이드를 보며 질문한 이올라는 물론, 이델을 비롯한 모두가 걱정을 하게 되었다.

드래곤들을 규합하려다 자칫 마왕의 이목을 끌게 된다면 계획을 망칠 수도 있는 문제였다.

이델은 중얼거리듯 말했다.

"그렇다면 드래곤들을 모으는 것은 준비가 다 끝난 뒤여야 할 것 같군."

문제는 그때가 되어 드래곤들이 제때 집합할지, 그리고 도움이 되어줄지 알 수 없다는 것이다. 하지만 현재로선 달리 방법이 없었다.

그나마 드래곤 로드가 이쪽에 있다는 게 다행이라면 다행이었다. 드래곤 로드의 권위라면 다른 드래곤의 설득도 쉬울 테니 말이다.

이델은 숨을 고른 뒤 말했다.

"저희는 에일라이드 님의 도움이 절실히 필요합니다. 부디 함께 해주십시오."

"전 자신이 없어요."

모든 이야기를 들었음에도 에일라이드는 세상에 나가는 것을 두려워했다. 이런 그녀를 보며 이델은 목소리를 높였다.

"숨어 산다고 언제까지 안전하다고 생각하십니까. 마족들의 드래곤 사냥은 지금도 계속되고 있다고 합니다. 이대로 있으면 수백 년 안에 모든 드래곤이 우리처럼 멸망의 길을 걷게 되겠죠. 그래도 좋으십니까?"

"우우."

한 치도 틀림이 없는 이델의 말에 에일라이드는 눈물을 살짝 보였다.

이쯤에서 이올라가 끼어들었다.

"이델의 말이 과한 것은 사실이지만 틀린 말은 아니에요. 우리는 후대를 위해 목숨을 바쳐서라도 마왕을 쓰러뜨릴 각오로 지금까지 험난한 길을 걸어왔어요. 이제 앞으로 조금만 더하면 종착지에 도착할 수 있는데, 그러기 위해서는 에일라이드 님의 조력이 필요해요."

"만약 실패한다면 그때는 어떻게 할 거죠?"

"실패하지 않을 겁니다."

이델은 결연한 의지를 담은 눈빛으로 에일라이드를 보며 단호히 말했다.

이 말에 잠시 망설이던 에일라이드는 드디어 결심을 하였다.

"이 세계의 균형을 유지해야 할 책무가 있는 드래곤 일족으로서 책임감을 느낍니다. 저도 여러분과 함께 싸우겠습니다."

"고맙습니다, 드래곤 로드이시여."

"편하게 이름으로 불러주세요."

에일라이드는 희미하게 웃으며 말했다.

드래곤과의 동맹, 그 첫 번째 단추가 이로써 꿰어지게 되었다. 이는 실로 큰 진보였다.

"그럼 저도 시온이라는 곳에 가야 하겠군요."

"예. 그곳에 가시면 에일라이드 님이 접하지 못한 것들을 많이 접할 수 있을 겁니다."

"그거 기대되네요."

이델의 말에 에일라이드는 살포시 웃었다.

"그런데 여기에 온 목적이 또 있지 않았어?"

여태까지 한쪽에서 듣기만 하던 로위나가 불현듯 말을 하였다. 그러자 이델은 아차 싶었다. 사실 드래곤을 만나면 한 가지 더 부탁할 일이 있었던 것이다.

이델은 에일라이드에게 조심스레 물었다.

"혹시 신의 힘을 가진 특별한 물건을 가지고 계십니까."

"신을 믿는 성직자들이 만든 물건은 몇 가지 있긴 한데."

이델은 눈을 반짝였다.

"혹시 그것들을 저희에게 보여줄 수는 없으신지요."

"음… 좋아요."

보물을 유달리 좋아하고 아껴 다른 이에게 보여주는 것을 꺼려하는 드래곤이었지만 에일라이드는 그러지 않았다.

단 한 번도 세상 밖에 나간 적은 없지만 해츨링 시기에 부모와 다른 몇몇의 드래곤으로부터 선물받은 보물이 좀 있었다.

각종 금은보화 중에 이델은 신성력이 있는 물건들만 추렸다.

"어때요?"

"아무래도 안 될 것 같아. 모두 수준에 못 미쳐."

이델은 다섯 가지의 물품을 두루 본 뒤, 실망스런 목소리로 말했다.

신성력이 제법 깃들어 있기는 하지만 결계를 만들기에는 부족함이 있었다.

"저기……."

"왜 그러시죠, 에일라이드 님."

"혹시 신성력이 깃든 물건을 찾는 이유가 아까 말했던 그 결계 구축을 위해서인가요?"

"예, 뭐 일단은 그렇습니다."

이델의 대답에 에일라이드는 손가락을 꼬면서 말을 했다.

"그거라면 다른 방법이 있을지도… 몰라요."

"다른 방법이라 하시면……?"

"제가 가진 드래곤 로드의 권능 있잖아요. 이것도 엄연히 따지고 보면 신의 힘이잖아요."

쿵.

순간 이델은 머릿속에서 천둥번개가 치는 느낌을 받으며 전율했다.

왜 그걸 미처 생각하지 못했지. 아까 운명의 신 카르마로부터 전해 받았다는 말을 들었을 때 알았어야 했었다.

"맞아, 그 방법이 있구나."

―그 또한 신의 힘, 충분히 자격이 되겠군.

로스틴도 이해를 하고 고개를 주억거렸다.

"하, 하하!"

기대하지 않았던 성과에 이델은 자신도 모르게 웃게 되었다.

이로써 세 번째 신력을 손에 넣은 게 됐다. 앞으로 하나만 더 찾는다면 마침내 마왕의 힘을 봉쇄할 수 있는 결계를 만들 수 있게 될 것이다.

새삼 에일라이드의 존재가 더욱 중요해지게 되었다. 이제 남은 건 그녀를 안전히 데리고 돌아가는 것뿐이었다.

"시온으로 귀환하죠."

"와아!"

이델의 말에 누구보다 기뻐한 건 캐넌과 로위나였다.

좋아하는 모습을 보면서도 에일라이드는 표정을 밝게 짓

지 못했다. 말은 함께하겠다고 했지만 여전히 바깥 세상에 대한 두려움이 남았던 것이었다.

"정말 괜찮을까."

"괜찮아요."

이올라는 에일라이드의 손을 따스하게 잡았다. 그리고 이델도 말했다.

"내 목숨을 바치는 한이 있더라도 그대를 지킬 겁니다."

"믿어도 될까요?"

"제 용사의 칭호를 걸고 맹세하죠."

주먹을 쥐어 심장에 갖다 대면서 이델은 힘차게 말했다. 이 모습을 본 에일라이드는 드디어 밝게 웃었다.

"후훗! 믿을게요, 용사님."

"좋아요."

이렇게 해서 이델 일행은 드래곤 로드 에일라이드를 합류 시켜 귀환 길에 오르게 되었다.

\*         \*         \*

―더러운 사생아!

―널 낳는 게 아니었어!

꿈속에서 들리는 목소리들. 그것은 아주 오랜만에 듣는 목소리였다.

'이제는 반갑기까지 하군.'

현 시대에서 마왕이라 불리며 세상으로 군림하는 자, 제노스는 들려오는 목소리에 조소를 금치 못했다.

제노스는 문득 자신의 과거를 추억해 보았다.

그가 처음 태어난 곳은 바로 인간 사회였다.

본래라면 탄생을 축복받아야 하겠지만 제노스는 그러지 못했다. 왜냐면 그는 인간 사회에서 대단히 지체 높은 가문의 사생아였기 때문이다. 그리고 또 그가 천대받은 이유는 그의 혈통 문제였다.

'인간도 엘프도 아닌 반쪽짜리의 불완전한 존재. 그것이 나였지.'

제노스의 어머니는 엘프였다. 그것도 긍지 높기로 유명한 하이 엘프였는데 불행히도 세상을 모른 채 숲 밖으로 나왔다가 한 귀족의 눈에 띄게 되어 사로잡히게 되었다.

귀족은 하필이면 호색한에 인간쓰레기라 불려도 시원치 않을 남자였다. 그러한 자였기에 제노스의 어미는 성의 첨탑에 갇혀 그의 첩 노릇을 해야 했고 사생아인 제노스를 낳았다.

제노스는 태어나 줄곧 어미의 사랑을 받지 않았다. 아니, 오히려 그녀의 증오를 온몸으로 받으며 학대받아야만 했다.

"너 같은 것을 낳고 싶지 않았다고."

자신 같은 고귀한 하이 엘프가 인간의 씨를 받아 비천한 하프 엘프를 낳았다는 사실을 제노스의 어미는 결코 인정하지 않았다. 그리고 결국 과도한 스트레스를 이기지 못하고 스스로 첨탑의 창문 밖으로 몸을 던지고 말았다.

홀로 남게 된 제노스는 처음으로 아버지란 존재를 만나게 된다. 그러나 그 만남은 그에게 좋은 기억이 되지 못했다.

"흥! 천한 반쪽짜리를 내 아들로 인정할 수는 없지. 적당히 하인으로 이 집안에서 살아가는 것은 허락하지만 아버지라고 부르지 마라."

제노스의 아비는 제노스를 아들로 인정치 않고 없는 사람 취급했다.

이후 제노스는 꽤 오랫동안 가문의 하인으로 살아가게 된다. 하지만 그 생활도 그리 오래 지속되지 못했다. 아무리 세월이 흘러도 10대 초반의 모습에서 더 이상 모습이 변하지 않았던 것이다.

퍽.

"퉤! 기분 나쁜 사생아 자식."

외견상으로는 동갑으로 보이나 사실은 제노스보다 10살이나 어린 동생은 그를 경멸하고 짓밟기를 주저치 않았다. 아무리 얻어맞아도 제노스는 대항조차 할 수 없었다. 상대는 본처의 소생. 장차 가문을 이을 자였기 때문이었다.

왜 참고 살아야 하는 거지.

제노스는 어느 날 문득 이런 생각을 하게 된다. 하여 가문을 떠나기로 결심했다. 딱히 어떤 목표를 두고 떠난 길도 아니었다.

가문을 무작정 떠나 2년, 제노스는 전보다 더 고통스러운 나날을 보내야 했다.

아무런 재주도 없고 특별한 능력도 없는 평범하기 짝이 없는 하프 엘프가 홀로 살아가기에 세상은 너무 가혹했던 것이다.

"어딜 감히 들어와."

"더러운 잡종 놈."

한 엘프 주거지로 찾아갔다가 흠뻑 두들겨 맞고 쫓겨나기도 했다.

"에이, 뭐야. 엘프인 줄 알고 말을 걸었는데 아니잖아."

"그냥 가자고."

인간들 또한 제노스를 무시하긴 마찬가지였다.

어느 쪽에서도 환영을 받지 못하며 떠돌이로 살아야만 하는 신세.

이런 자신이 너무나 비참하였기에 제노스는 결국 극단적인 선택을 하고자 했다.

그런데 이런 그의 앞에 한 명의 남자가 나타나게 된다.

"안녕하십니까."

남자는 놀랍게도 어둠의 종족이라 불리는 다크 스피리트 족이었다. 불쑥 나타난 그는 놀랍게도 제노스를 해치지 아니하고 쉴 곳과 먹을 것을 아낌없이 베풀었다.

어둠의 종족은 사악하다, 라는 인간 중심의 사고방식을 가지고 있던 제노스의 생각을 흔드는 일이었다.

자신을 하르말다라고 소개한 다크 스피리트의 남자는 다음과 같이 말했다.

"당신에게서 특별한 것을 느꼈습니다. 저와 함께 여행을 해보지 않겠습니까."

"여행?"

"나름 당신에게 도움이 될 여행일 겁입니다."

"그리 말한다면… 그러지 뭐."

제노스는 그리하여 약 20여 년의 여행을 하게 된다. 그 여행길에서 그는 많은 것을 보고 배웠다.

철벅.

"……."

피가 고인 웅덩이를 밟은 제노스는 침묵 속에 주변의 참담한 광경을 보았다.

인간들의 군대가 토벌하고 가버린 오크 부락은 죽음의 냄새가 진동하고 있었다.

"인간들의 군대는 우리 어둠의 종족을 마수, 마물과 같은 몬스터로 취급하며 이렇게 척결하려 하죠."

"그건 오크들이 인간들의 마을을 약탈해서이지 않나."

"맞습니다. 하지만 그건 생존을 위해 당연히 할 수밖에 없는 행위입니다. 애초에 오크들은 방대한 숲과 들에서 동물들을 사냥해 그것으로 살아갔습니다. 하지만 인간들이 그러한 곳들을 없애고 농사지을 땅으로 바꿨기 때문에 그렇게 살 수 없어 약탈을 한 것이죠."

"……."

"다른 어둠의 종족들도 사정은 비슷합니다. 그래서 과거 마왕이 출연할 때마다 이들은 그의 편을 들었던 것입니다."

"그 때문에 나더러 마왕이 되라는 건가."

"그래 줬으면 하는 마음은 간절하지만 그건 어디까지나 당신이 선택하기 나름입니다."

하르말다는 어둠의 종족 중에서 마왕의 재림을 바라는 일파 중 한 사람이었다. 그는 수백 년이 넘게 나타나지 않는 마왕을 더는 기다리지 않고 직접 마왕을 만들기 위해 세상을 떠돌았다.

그러던 중, 제노스를 발견한 것이었다.

하르말다는 말했다. 제노스에게서 마왕이 될 수 있는 자질을 보았다고.

솔직히 처음에는 믿지 않았다. 그리고 마왕이 될 생각도 없었다. 하지만 제노스는 긴 세월을 하르말다와 함께 여행했고 점차 생각이 바뀌어갔다.

"마왕이라……."

제노스는 마왕이라는 것을 무겁게 생각하지 않았다.

과거 악명을 떨쳤던 게 마왕이라 하지만 그 내용 대부분이 그와 대적했던 자들, 빛의 종족과 인간족에 의해 기록된 것이라 신용하기도 그랬다.

어둠의 종족에 대한 편견도 없어진 제노스는 양쪽 모두를 공평하게 보았다. 바뀐 관점으로 세상을 보니 문득 이런 생각이 떠올랐다.

"왜 이 세계는 불공평한가."

균형이 맞춰져 있다고 하지만 제노스 눈에는 그렇게 보이지 않았다.

세상 대부분을 지배하는 인간족, 그리고 그런 그들에게서 나름 대접 받으며 나름의 영토를 가진 여럿의 빛의 종족과 달리, 어둠의 종족 대부분은 몬스터로 격하되어 긴긴 세월을 어둠 속에서만 살아야 했지 않은가.

이것이 불공평이 아니면 뭐란 말인가.

하프 엘프로서 차별을 당해온 입장이었기에 제노스는 이

런 문제에 더욱 공감을 가졌다.

"한번 해볼까."

자신에게 세상을 바꿀 수 있는 힘이 주어진다면 뭔가를 해 보고 싶다.

처음으로 인생에 목표를 가지게 된 제노스는 하르말다의 뜻을 따랐다.

"전대 마왕이 용사에게 쓰러지고 어째서인지 마왕의 힘은 세습되지 못했습니다. 하지만 마신님의 신전에 간다면 방법 이 있을지도 모릅니다."

아주 옛날의 마왕이 만들었다는 마신의 신전.

위치를 아는 자가 없다는 그곳을 하르말다는 알고 있었던 것이다.

제노스는 하르말다와 함께 신전을 찾았다. 그리고 몇 년 후, 그는 용사 이델로 인해 다시는 나타날 수 없게 된 마왕이 되어 세상에 모습을 드러냈다.

수백 년 만에 나타난 마왕.

원래라면 운명의 신 카르마가 정한 법칙에 따라 용사의 검 에 쓰러졌어야 할 운명이었다. 허나, 제노스는 그 운명을 뛰 어넘어 당대의 용사를 죽이는 데 성공했다.

신이 정한 운명마저 바꿔 버리고 제노스는 전대의 마왕들 과는 전혀 다른 행보를 걸었다.

"날 따라라. 너희에게 새로운 시대를 주겠다."

제노스는 파괴와 멸망이라는 것을 목표로 한 마신의 뜻과 무관하게, 자신의 꿈꿨던 목표를 이루고자 마왕의 권능을 통해 직접 만든 명운 강탈 마법을 발동시키고자 했다.

세계의 균형을 무너뜨리다 못해 아예 뒤엎어 버리는 극단의 수를 쓰는 마왕의 행위는 곧 신탁을 통해 빛의 종족과 인간족에게 알려지게 된다.

이를 막기 위해 남은 전력을 총동원해서 마왕을 막고자 했다.

중립을 지키던 드래곤족도 사태의 위급함을 깨닫고 나섰지만 이미 제노스의 뜻을 따르는 어둠의 종족들이 목숨 바쳐 싸웠기 때문에 결국 마법 발동을 막지 못하였다.

그 후의 이야기는 말하지 않아도 다 알 것이다.


제노스는 눈을 떴다.

"오랜만에 과거의 꿈을 꾸었다."

잊으려야 잊을 수 없는 기억이 꿈으로 구현된 것이다.

잠시 묘한 감정을 느끼며 몸을 일으켰다. 그가 일어난 곳은 대단히 호화로운 침실이었다.

잠시 이를 멍하니 본 제노스는 문득 떠올렸다.

"다르나로스에 돌아왔지 참."

긴긴 방랑을 하다 며칠 전에 다르나로스의 궁으로 돌아왔던 것이다.

자신을 위해 마련된 공간임에도 왠지 낯설음을 느끼며 제노스는 의복을 걸쳐 입었다. 전에는 볼품없는 옷을 입어서 몰랐지만 검은색 바탕에 붉은 문양과 황금의 선이 그려진 마왕만이 입을 수 있는 복장을 갖추니, 마왕으로서의 위엄이 자연스레 드러났다.

"일어나셨습니까, 마왕님."

"그래."

"따뜻한 차를 대령할까요."

시종의 말에 제노스는 손짓으로 사양의 뜻을 전했다.

"오늘 일과는 뭐지?"

"우선 재상님과의 독대가 있으십니다."

"독대인가. 아마 그 문제 때문이겠지."

제노스가 본래 일정보다 앞당겨 다르나로스로 돌아온 이유는 바로 한 문제 때문이었다.

"쯧, 쓸데없는 일을 벌이긴."

"예?"

"아무것도 아니다."

제노스는 간단히 아침을 즐기고 재상인 하르말다를 마왕의 홀에서 맞이하였다.

"폐하, 오랜만에 배알하옵니다."

"훗! 우리 사이에 그렇게 격식 따지지 맙시다."

"어찌 그러겠습니까."

하르말다는 공손히 허리를 숙이며 말했다. 제노스를 마왕으로 만든 당사자인 그는 누구보다 충직한 신하였다.

"그래, 이번 일이 재상의 허가도 없이 이뤄졌다는 게 사실인가."

"송구하게도 그렇습니다."

하르말다의 대답에 제노스는 인상을 살짝 찡그렸다.

"아무리 어둠의 종족, 아니 마족들 천성이 제멋대로라고는 하지만 이건 도가 지나치군. 부대장끼리 멋대로 결정을 내려 시온을 공격하다니 말이야."

"아마도 공을 세우고 싶어 이번 일을 벌였던 모양입니다."

"아니, 누가 그들보고 공을 세우라 했나. 내 전에 그곳은 건들지 말라 했을 텐데."

살짝 제노스가 진노하니 홀이 떨렸다. 암암리에 공기 중에 존재하는 마왕의 권능이 제노스의 의념에 의해 작용을 한 것이었다.

그런데 제노스는 왜 시온을 공격하지 말라고 한 것일까. 의문점이 아닐 수 없었다.

하르말다는 고개를 더욱 숙이며 말했다.

"제 불찰이 큽니다."

"어찌 재상의 탓이겠는가. 제멋대로 군 그들의 잘못이지."

"……."

제노스는 의자의 손 받침대를 톡톡 손가락으로 치며 혼잣 말하듯 중얼거렸다.

"아무튼 이번 일은 그냥 덮을 수 없네. 책임자를 문책하지 않을 수 없어."

"모든 것은 마왕님의 뜻대로 하십시오."

하르말다는 제노스의 결정에 무조건 따르겠다는 뜻을 밝혔다.

"그 문제는 차차 생각해 보지."

"알겠습니다."

"아무튼 간에 자네나 나나 고생이 이만저만 아니군."

"후후, 그러게 말입니다."

하르말다는 제노스의 말에 살짝 웃으며 말했다. 하지만 곧 웃음을 거뒀다.

"잠시 조용히 드릴 말씀이 있습니다."

"해보게."

"될 수 있으면 듣는 귀가 없었으면 합니다."

"그래? 그렇게 해주지."

제노스가 손가락을 한 번 튕기는 순간, 홀 안의 공간은 다른 공간과 격리되었다. 이렇게 되면 어떤 수를 쓰든 내부를 볼 수도 도청할 수도 없게 되어버린다.

"자, 말해보게."

"실은 마왕님께 불온한 생각을 가진 자가 있는 것 같습니다."

"흠, 그래?"

충격적일 수도 있는 하르말다의 말에도 제노스는 별 감흥 없이 대꾸했다. 마족들의 습성을 생각하면 한둘쯤 딴 꿍꿍이를 가진 자가 있지 않을까, 전부터 내내 생각하고 있었기 때문이었다.

하르말다는 그런 제노스에게 자신의 생각을 전했다.

"슬슬 내부 불만자들에 대한 조치가 필요하다고 생각합니다만."

"흠, 300년이면 꽤 오래 버티긴 했지. 조만간 이 제국이 분열되리라고 생각은 하고 있었어."

"아직은 제국이 유지되어야 합니다, 폐하."

"음."

솔직히 말해 제노스는 지금 상황이 지속되는 것에 큰 흥미가 없었다. 딱히 마족들이 통일되어 평화롭게 살기를 바라는 것은 아니기 때문이었다.

어둠의 종족을 도운 건 어디까지나 불평등한 것을 타파하기 위함이었지, 그들의 삶을 윤택하게 해주기 위해서가 아니었다는 점도 작용했다.

이런 마왕을 생각을 아는 건 오직 한 사람, 지금 이 자리에 있는 하르말다뿐이었다.

"뭐, 그대가 아니라고 하면 아니겠지. 그래서 뭔가 대책은 준비했나."

"예, 이미 그들에 대한 공작이 진행 중입니다. 남은 건 마왕님의 허가뿐입니다."

"좋아, 허락하지."

"감사합니다, 폐하."

허리를 다시 한 번 숙이는 하르말다를 보다 제노스는 자리를 박차고 일어났다. 그에게 있어 이 옥좌는 불편하기만 한 자리에 불과했다.

"여긴 내겐 너무 따분하고 옛 기억을 상기시키니 오래 있고 싶지가 않군. 이만 다르나로스를 떠날 것이니 뒷일은 자네가 알아서 처리하게나."

"예, 폐하."

옆의 문을 통해 홀을 나가려던 제노스는 갑자기 발걸음을 멈추고 하르말다가 서 있는 쪽으로 고개를 돌렸다.

"아참! 깜빡 잊고 한 가지 전할 말을 안 했군그래."

"무슨 말씀이십니까."

"만약 위로 올라오는 보고 중에 추방당한 신의 힘을 쓰는 인간에 대한 정보가 있으면 바로 전해줘."

"신의 힘 말입니까? 지금 시대에 그럴 수 있는 존재는 거의 남아 있지 않을 텐데요."

"후후, 나도 그런 줄 알았지."

제노스는 웃으며 말했다. 그는 이델의 존재를 기억하고 있었다.

하르말다는 물었다.

"대체 어떤 존재입니까."

"그건 비밀이네."

제노스는 손가락을 입술에 대며 장난스럽게 대답하였다. 그리고는 훌쩍 떠나버렸다.

"신의 힘인가."

혼자 남겨진 하르말다는 제노스가 남긴 말에 신경을 썼다.

다른 것도 아니고 추방된 신들과 관계된 존재라면 위험하다. 그게 하르말다의 평소 지론이었다. 그런데 문득 그의 뇌리에 떠오른 기억이 있었다.

"전에 이곳에서 난동을 피웠던 인간이 있었지."

특이하게 인간 주제에 오러와 마법을 썼던 기이한 인간. 그는 다른 것은 제쳐 두고 무투회에 상품으로 나온 검 한 자루만 빼돌려 도망쳐 버렸다.

그 당시엔 예의 주시하던 인물이었지만 키마이라 마법 전투단의 단장 라스타 때문에 약간 관심을 가졌을 뿐, 금방 기억에서 지워 버렸었는데 지금 왜인지 떠오른 것이었다.

"조사해 볼 필요가 있겠군."

하르말다는 자신의 직감을 믿기로 하고 그 일에 대한 조사를 은밀히 진행토록 하였다.

**5장**

반격의 봉화

드래곤 로드 에일라이드와의 합류 후 이델 일행은 최대한 빠르게 시온으로 귀환하고자 했다.

그런데 뜻밖에도 비밀 선착장에 당도했을 때, 그들을 맞는 군터가 있었다.

시온의 일로 바쁠 그가 이곳에 있다는 것은 상당히 놀랄 일이었다.

"안녕하십니까, 드래곤 로드시여."

"처음 뵙겠어요."

군터와 에일라이드가 서로 정중하게 인사를 나누는 모습

을 보다 이델은 궁금함을 더 이상 참지 못해 입을 열고 말았다.

"도대체 총대장님께서 이곳까지 왜 나오신 겁니까."

"자네들의 수고를 덜어주기 위해서네."

"네?"

잠시 뒤, 항구에 한쪽에 마련된 건물 안에서 군터는 이곳까지 직접 온 진짜 이유를 알려주었다.

"반격이라 하셨습니까?"

"맞네."

진심이었는지 군터의 표정은 아주 침착했다.

이델은 잠시 복잡한 머릿속을 정리하면서 재차 물었다.

"생각보다 너무 빠른 것 아닙니까. 아직 남쪽으로 신의 힘을 지녔을 것이라고 추정되는 무녀를 찾으러 간 누크란 경도 돌아오지 않은 상태이고 지난번 침공의 후유증도 남아 있지 않습니까."

"확실히 그런 문제가 있긴 하지. 그래서 자네는 반대를 하는 건가."

"반대는 아닙니다. 다만 좀 더 때를 기다렸다가 반격을 준비하는 게 낫지 않겠냐는 뜻에서 이런 말씀을 드리는 겁니다. 제가 생각했을 때, 좀 더 만전의 준비를 갖추는 일에 집중해야 하는 봅니다. 물론 군터 총대장님도 나름 생각이 있으셔서 그런 말씀을 하셨으리라 생각하지만 말입니다."

이델의 말에 이올라와 하프만도 뜻에 동조한다는 의미로 고개를 끄덕였다.

이런 반응을 예상했던 것일까. 군터는 잠시 진정하라는 듯 눈빛을 보냈다. 이델은 숨을 살짝 고르며 일단 침착해졌다.

군터는 말했다.

"자네 말대로 좀 더 시간을 가지는 편이 우리에게 좋겠지. 내리신 시련이 아직 끝난 게 아닌 모양이네."

"그 말씀은……?"

"자네들이 떠나고 얼마 지나지 않아 숲의 외곽에 마왕군이 출몰하였네."

벌떡!

군터의 말에 이올라가 놀라 앉은 자리에서 일어났다.

그녀가 아니었다면 이델 또한 자리에서 일어났을지 모른다.

이델은 살짝 떨리는 목소리를 감추지 못한 채로 질문했다.

"이번에도 침공을 준비하는 겁니까."

"아니, 그렇지는 않아 보이네."

군터는 고개를 가로저으며 말했다.

그 말을 듣고서야 이올라는 안심하며 의자에 앉았고 나머지 사람들도 가슴을 쓸어내릴 수가 있었다.

군터는 상황을 간략하게 설명해 주었다.

"마왕군의 군세는 침공을 준비한다고 보기엔 규모가 크지 않네. 기껏해야 10만 전후지."

"그 숫자도 대단히 많다고 생각됩니다만."

"정찰을 통해 살펴본 바, 그들은 정규 군단 소속도 아니고 각지에서 무작위로 차출된 자들이었네. 정규 군단 수준으로 20만에 달하는 병력을 동원했음에도 실패한 시온 공략을 고작 그런 병력에게 맡기진 않겠지."

이때, 이올라가 살짝 끼어들며 질문을 하였다.

"그래도 침공을 위한 준비를 하기엔 충분한 병력이라고 생각됩니다."

"음, 나를 비롯한 대부분의 지휘관들도 그쪽으로 생각을 하고 있네. 실제도 그들은 숲을 벌목하며 시온으로의 통행로를 확보하고 있으니 우리의 추측에 틀릴 가능성은 낮을 걸세."

"그럼 먼저 그들부터 막아야 하는 것 아닙니까."

흥분하는 이델을 보며 군터는 차분히 말했다.

"그들을 막으려면 또 커다란 전투를 피할 수 없게 되네. 그럼 어떻게 될 것 같나."

"……"

답은 할 필요도 없었다.

정면으로 충돌한다면 설령 이긴다 해도 커다란 피해를 입게 될 것은 불 보듯 뻔했다.

"지금 우리는 마왕을 쓰러뜨리는 데 온 힘을 다해야 할 때이네. 그런 상황에서 마왕군과 정면으로 충돌하는 것은 어떻게든 피해야 하네."

"그렇다면 아까 말한 반격에 대한 이야기는 대체 어떤 의미로 하신 말씀입니까. 그 또한 전력을 소모한 일이지 않습니까."

"자네 말이 틀리지는 않네. 하지만 이건 두 가지의 포석을 두기 위해 필요한 작업이네."

"포석… 말입니까."

의미심장한 군터의 말에 이델은 잠시 그 뜻을 짐작해 보고자 머리를 열심히 써보았다.

포석이라 함은 앞으로의 일을 결행하는 데 도움이 되는 일을 한다는 것을 의미한다.

그 말인즉, 마왕 토벌에 필요한 포석을 깔기 위해 반격 작전을 준비했다는 이야기일까.

이델만이 아니라 이야기에 관심을 아예 주지 않는 캐논과 로위나, 그리고 어리둥절해하며 이야기를 경청했던 에일라이드를 제외한 다른 사람들도 포석에 대한 추측을 각자 하였다.

군터는 그들이 답이 스스로 찾기를 기다렸다.

맨 처음 입을 연 건 이올라였다.

"반격 작전은 어디서 실행되는지 알 수 있을까요."

"하넬타 대륙 중부, 오우거 로드 우룰가의 지역에서 실행될 걸세."

"……."

군터의 말에 이올라는 다시금 긴 침묵을 지켰다.

여기에서 하프만은 골치 아프다는 듯 머리를 벅벅 긁으며 말했다.

"난 도통 모르겠군. 그만 슬슬 알려주면 안 되겠소, 군터 총대장."

"잠시만, 잠시만 기다려 주세요."

이델은 하프만을 가로막았다.

지금 머릿속에서 거의 문제의 해답이 보일 듯 말듯이다. 조금만 더 생각을 정리하면 답이 나올 것 같아 급히 말을 막은 것이었다.

이때, 이올라가 불쑥 말을 꺼냈다.

"첫 번째 포석은 시온이 아닌 다른 곳에 마왕군의 이목을 집중시키기 위함 아닌가요?"

"바로 맞췄네."

선선히 웃는 군터를 보며 이델은 안타까워했다.

거의 다 접근했는데 답을 놓치다니. 아쉬움이 이루 말할 수 없이 클 따름이다.

군터는 그런 이델을 보고도 미소를 보였다. 그리고는 그에 대한 상세한 설명을 해주었다.

"현재 시온이 있는 수림 팔로스에 마왕군의 시선이 지나치게 집중되어 있네. 또한, 우리가 힘을 잃어 더 이상 외부에서의 활동을 하지 못할 것이라고 생각하고 있을 걸세."

"그야 그렇겠죠."

"이럴 때에 외부를 크게 공격당한다면 그들은 어떻게 생각할 것 같나."

"아마도… 이쪽의 힘이 생각보다 강하다는 것을 알게 되겠죠."

대답을 하면서 이델은 번뜩 떠오른 생각에 전율했다.

아, 그런 것이었구나. 비로소 풀리지 않던 문제의 실마리가 말끔하게 풀리는 것을 느낄 수가 있었다.

"마왕군에게 경고를 주는 것이군요. 이쪽을 공격하려면 그만큼 각오를 해야 할 것이라는."

"맞네."

사활을 건 마왕 토벌을 펼칠 때까지 최대한 시간을 버는 것.

그를 위해 군터는 바로 이 토벌 작전을 기획한 것이었다.

성공을 한다면 더할 나위 없이 좋겠지만 실패해도 아직 이쪽이 외부에서 일을 실행할 정도의 여력이 남아 있다는 것을 보여줄 수 있으니 충분히 마왕군에 경계심을 심어줄 수 있을 것이었다.

"그럼 두 번째 포석은 뭐지?"

무심한 듯 이야기를 듣던 로위나가 자신이 궁금한 것을 이야기하였다.

군터는 바로 말을 하였다.

"두 번째 포석은 바로 마왕 토벌을 위한 포석이다."

이 말에 이델은 주먹을 불끈 쥐었다.

아까 본인이 생각했던 것이 군터가 생각한 것과 일치했다는 사실에 기뻤던 것이다.

이델은 살짝 들뜬 목소리로 말하였다.

"그 포석이 무엇입니까."

"그건 바로 자네와 연관이 깊네."

"네?"

이건 또 무슨 소리지? 이델은 순간 어리둥절한 표정을 지었다.

그 반응을 보며 군터는 이델을 향해 말을 하였다.

"이번 반격 작전은 이노센트 라이트가 아닌 용사의 이름

하에 이뤄질 것이네."

벌떡!

이번엔 이델이 의자에서 벌떡 일어났다.

"그게 무슨 말씀이십니까."

"자네라는 존재가 두 번째 포석을 심는 데 가장 중요한 요소이네."

"설명이 필요합니다."

이델을 대신해 이올라가 보충 설명을 요구하자 군터는 팔짱을 끼며 말했다.

"마왕 토벌을 위해서는 3가지가 필요하지. 첫째는 세계에 흩어진 마왕의 힘과 마왕을 분리할 신의 결계이고 두 번째는 외부의 적을 막는 동시에 마왕을 직접 상대한 전력이네. 그리고 마지막 세 번째는 확실하게 마왕을 우리가 유도하는 장소로 오게끔 하는 것이네."

"……."

"첫 번째와 두 번째가 갖춰져도 마왕이 정작 우리가 원하는 곳에 나타나 주지 않는다면 계획은 실패할 수밖에 없네. 안 그런가, 이델 경."

"예, 분명 그렇습니다. 그렇게 그것과 제 이름을 파는 게 무슨 상관이 있는 겁니까."

"자네가 마왕이라면 용사라는 존재를 어떻게 생각하겠나."

"그야… 매우 위협적인 적이죠."

실제로 전대 마왕도 그러하기에 수단과 방법을 가리지 않고 이쪽을 제거하려 했었다.

그 이유는 단 하나로 마왕을 죽일 수 있는 존재가 용사라는 점이었다.

그런 점 때문에 마왕은 일부러 직접 모습을 드러내지 않고 부하만 열심히 보냈었다.

물론 그렇게 보내진 부하들이 깨지고 역공을 당하면서 결국 앞에 모습을 드러낼 수밖에 없었지만 말이다. 그리고 결국 엔 운명대로 되었다.

이델은 과거의 일을 회상한 뒤에 말을 했다.

"용사의 존재를 알면 오히려 마왕이 모습을 드러내지 않을 가능성도 있습니다."

"그럴 수도 있겠지. 하지만 그가 나오게끔 도발을 한다면 이야기는 달라지겠지."

"쉽게 말해 마왕이 자네라면 다른 일을 제쳐 두고 오게끔 만드는 걸세. 뭐 그것에 대한 것은 이미 작전에 포함시켜 놨으니 너무 걱정 말게."

"하, 하하."

대체 어떤 식으로 마왕을 흥분시키겠다는 건지 모르겠다.

이때, 문득 우연히 만날 수 있었던 마왕 제노스의 모습을 떠올랐다.

'아니, 어쩌면 그라면 굳이 도발을 하지 않아도 제 발로 나타날지도 모르겠는데.'

냉혹하기만 할 줄 알았던 마왕의 이미지를 깼던, 어딘가 약간은 특이했던 제노스를 생각하면 충분히 그럴 수도 있겠다, 라는 생각이 든다.

아무튼 이것도 마왕 토벌을 위한 일이라면 감수해야 할 일이었다.

"그런 것이라면 알겠습니다. 제가 용사라는 것을 언제까지 숨길 수도 없는 일이고 마족들에게 공포의 대상이 하나쯤 생겨나게 하는 것도 나쁘지 않겠죠."

"자네에게 큰 짐을 부여하는 것 같아 미안하네."

"아닙니다. 어차피 용사로서 해야 할 일인데요."

"자네의 존재가 알려지면 마족들은 크게 동요하겠지. 그리고 어딘가에 있을지 모를 또 다른 저항 세력이 우리와 합류할 수 있을지도 모르네."

사실상 이번 반격 작전은 천 년 만에 치르는 용사 데뷔전이 된다. 그런 만큼 더욱 잘해야 할 책임이 있다.

'우와, 이거 엄청 부담되는걸.'

속으로 엄청 떨면서도 이델은 겉으로는 내색을 하지 않으려 애썼다.

그런 모습을 이올라는 한쪽에서 조용히 지켜보았다.

*　　　*　　　*

이델 일행이 철갑선 블루 시드 호를 타고 하넬타 대륙에 당
도했을 때는 이미 반격 작전을 위해 출동한 대원들이 거의 집
결한 뒤였다.

"총 인원 1,050명입니다."

"꽤 많은 숫자가 모였군요."

"하넬타 대륙의 각 비밀 지부에 있던 이노센트 라이트의
대원들과 수비대에서도 정예로 손꼽히는 인원들을 추려 구성
한 인원입니다. 이 숫자로는 수만이나 되는 로드의 군대를 직
접 상대하기는 어렵겠지만 그래도 작전은 무리 없이 진행할
수 있을 겁니다."

수비대 소속의 오러 유저였던 바이슨은 차분히 말했다.

바이슨은 오러 유저로서 능력은 좀 부족한 편이지만 대신
지휘관으로의 능력이 뛰어난 편이었다.

이 사실을 안 이델은 용사로서 자신의 역할에 집중하겠다
는 뜻을 밝히면서 아예 이번 작전에 대한 지휘는 그에게 위임
을 해버렸다.

그 선택은 지금 생각해도 나쁘지 않은 것 같다.

이올라도 적임자라고 생각하지만, 엄격한 부분이 있고 철두철미한 바이슨이 더 적임자라는 것을 그가 행한 일을 통해 알 수 있었다.

"이번 작전을 위해 각 인원을 소부대로 나누고 정해진 역할에 따라 움직일 수 있게끔 계속 반복 훈련을 시키고 있습니다. 앞으로 일주일 정도면 완벽하게 작전을 수행할 능력을 갖출 것이라 생각합니다."

"바이슨 경이 그리 말하니 안심이 되는군요."

이델은 그리 말하면서 지도를 보았다. 지도엔 붉은 점으로 표시된 지점이 한 곳 있었다.

그곳이 바로 이번 목표였다.

"이곳에 있는 드워프들의 숫자는 얼마인지 압니까?"

"지난 조사를 통해 알아낸 바에 따르면 약 1만 2천 정도입니다."

"생각보다 많군요."

오우거 로드 우룰가를 만족시키기 위해 각종 귀금속을 캐내고 마왕군이 쓸 병장기를 만드는 일을 하는 노예 드워프들이 옛 드워프 왕국의 수도인 카디악에 갇혀 있다. 이들을 구하는 게 이번 작전의 1단계 목표였다.

"방어측 병력은 어느 정도죠?"

"생각보다 많지는 않습니다. 한 5,000 정도죠."

"5,000이라, 하지만 그들 대다수가 오우거라는 점을 간과하면 안 되겠죠."

"예, 저도 같은 생각입니다."

오우거는 다른 마족 중에서도 상대하기 어려운 상대다.

1인의 오우거 병사를 상대하려면 최소 10명의 대원이 맞붙어야 하는데 5,000 중 절반이 오우거라 하니 실질적으로 3만 가까운 적과 상대한다고 봐야 했다.

"그나마 오러 유저나 대마법사 같은 강한 전력이 없다는 게 다행이군요."

"하지만 인근 도시에 오러 유저 한 명 정도가 항시 주둔 중입니다. 아마 그가 추격대를 이끌고 올 테죠."

"그렇군요."

이런 이야기를 나누는데 이올라가 두 사람의 곁으로 왔다.

"돌아왔어?"

"예."

이올라는 척후 부대를 이끌고 먼저 카디악을 정찰하러 갔었다. 돌아오자마자 그녀는 자신이 알아온 정보를 알려주었다.

"전의 정보와 크게 달라진 것은 없는 것 같았어요. 경계 태세는 생각보다 가벼운 편이었어요."

"그럼 진입은 그리 힘들지 않겠군."

"각 숙소의 위치에 달라진 점은 없나, 이올라 경?"

"기존 건물 위치는 변한 게 없었어요. 다만 도시 주변 순찰 코스는 좀 달라진 것 같았어요."

이올라는 간략하게 그림을 그리면서 순찰 코스에 대한 정보를 알려주었다.

그것을 토대로 세 사람은 작전에 대한 최종 보안을 끝마쳤다.

"이 정도면 충분할 것 같습니다."

"그럼 대원들에게 이것을 전파하고 세부적으로 마지막 점검을 하죠."

"그럽시다."

준비는 모두 끝났다. 이델뿐만 아니라 이번 작전에 참여한 모든 이들이 긴장하며 D—day를 기다렸다.


카디악은 약 2,000년 전에 처음 지어진 고대 드워프들의 도시였다.

분지 가운데에 자리한 이 도시는 삼면은 가파른 절벽으로 되어 있고 유일한 출입구로 굽이진 길을 따라 이동해야 하기에 진입이 쉽지 않았다.

하지만 그럼에도 불구하고 도시를 잠입하려는 이들이 있

었다.

"잠시 동안 탐지 마법에 재밍을 걸어놨으니 이제 출발해도 되네."

"알겠습니다. 그럼 꽉 잡으십시오."

"알겠네."

수직으로 깎아진 절벽을 이델은 과감히 뛰어내렸다. 빠르게 낙하하는 그의 모습은 한 마리의 독수리와 같았다.

바람결에 나풀거리는 이델의 머리를 부여잡고 소인족 마법사 파피오는 겁에 질린 목소리로 말했다.

"좀… 천천히 갈… 수는 없나."

"하하, 예."

파피오의 요청을 받은 이델은 에어 워크를 전력으로 펼쳐 낙하 속도를 줄여갔다.

곧 지면이 눈에 들어오고 이델은 무사히 착지에 성공을 하였다.

지상에 안착하고 나서야 겨우 눈을 뜬 파피오는 그제야 안도할 수 있었다.

"휴, 드디어 지상에 내려왔군."

"고생시켜 죄송합니다."

"아닐세. 아참! 다들 괜찮나."

파피오의 말에 이델의 몸 여기저기서 소인족들이 모습을

드러냈다.

"저희 모두 무사합니다."

"스릴 만점인데요, 파피오 님."

위험한 작전 중임에도 불구하고 소인족 대원들은 희희낙락한 모습을 보여주었다. 그 모습에 이델 또한 자그맣게 미소를 지을 수 있었다.

"자, 어서 가지."

"예."

파피오의 말에 이델은 소인족들을 몸에 대동한 채로 도시 안쪽으로 은밀히 들어갔다.

"하아암."

두 명의 오우거 병사가 나란히 걸어오고 있었다.

상대적으로 진입로 반대편이라 그런지 주변을 경계하는 모습은 찾아볼 수가 없었다.

스릉.

조용히 검을 빼어 든 이델은 파피오를 한 손으로 조심스레 바닥에 내려놓았다. 그러자 다른 소인족들도 모두 이델의 몸에서 내려왔다.

홀가분한 상태에서 이델은 오우거들을 칠 절호의 기회를 조심스럽게 기다렸다.

막 코너를 돌아 등을 보이는 그들을 향해 이델은 빠르게 접근하였다.

가깝게 접근하는 순간 이델을 중심으로 검광이 여러 번 번뜩였다.

그러자 두 명의 오우거는 소리도 내지 않고 바닥에 넘어졌다.

이 모습을 파피오는 곧장 이델에게로 달려갔다.

"해치웠나?"

"예."

정확히 급소라 할 수 있는 부위를 노린 탓에 오우거들은 자신들이 어떻게 당했는지조차 모른 채 죽은 상태였다. 게다가 바닥에는 핏자국도 없었다.

"엄청난 솜씨구만그래."

"과찬의 말씀입니다."

이델은 겸양을 떨면서 조심스레 시체를 안 보이는 곳으로 치웠다.

"그럼 여기서 우리는 헤어지지."

"예, 알겠습니다."

파피오의 말에 대답하고는 이델은 주머니에서 무언가를 꺼냈다. 그것은 바로 특수하게 조제된 마법 화약이었다.

"자자, 하나씩 어서들 챙겨."

"예!"

파피오의 말에 십여 명의 소인족은 화약 덩어리를 하나씩 받아 들었다.

파피오는 일렬로 선 소인족들에게 마지막으로 확인했다.

"모두 받은 역할은 잘 기억하고 있겠지."

"물론입니다!"

소인족들은 한목소리로 대답했다. 까불거리는 태도는 온데간데없이 사라져 있었다.

"그럼 건투를 빌겠습니다."

"용사 자네도 힘내게."

서로 맡은 임무가 달랐기에 소인족들과 이델은 별도의 행동을 취했다.

이델은 이제는 쓰이지 않는 폐건물 사이를 뛰며 머릿속으로 지도를 떠올렸다.

'이번 작전의 최우선은 바로 타이밍이다. 정확히 시간에 맞춰 움직여야 한다.'

이델은 시간의 흐름을 숙지하며 목표를 향해 나아갔다. 그의 목표는 바로 드워프 노예들이 수감된 수용소였다.

\*　　　\*　　　\*

이델은 수용소가 있는 곳까지 무사히 도착했다.

울타리가 처져 있고 곳곳을 마족 병력들이 지키고 있었다.

"우선은……."

눈으로 경계 병력의 동향을 살피며 기회를 엿본 이델은 곧 움직였다.

기척을 죽인 그의 접근을 마족 병사들은 전혀 눈치채지 못하였다.

가까이 다가가니 마족들의 대화 소리가 들려왔다.

"하암! 따분하구만."

"이제 교대했는데 무슨 소리야. 아직 남은 시간은 많다고."

"쩝! 먹고 살려고 군에 들어오긴 했지만 이런 일을 하러 온 것은 아니었어."

"뭐 대단한 일이라도 할 줄 알았나."

"난 마음껏 약한 놈들을 죽이고 싶지, 이런 땅강아지들이나 지키러 온 게 아니라고, 젠장!"

"그만 툴툴거려. 그러다 또 십부장님께 깨진다."

"체엣!"

군 생활에 불만이 많아 보이는 오우거와 그를 상대해 주는 고블린이 바로 지척에 있었다.

탓!

이델은 있던 곳을 박차고 그들에게 다가갔다.

이때! 고블린과 눈이 딱 마주치고 말았다. 놀란 고블린은 순간 손가락을 내밀어 이쪽을 가리켰다.

"인⋯⋯."

말을 채 하기도 전에 이델의 검이 먼저 목을 베고 지나갔다.

고블린의 목이 데구르르 땅을 구르는 모습을 본 오우거는 경악한 눈으로 자신의 앞에 있는 이델을 내려다보았다.

미처 자신의 무기를 들 틈도 오우거는 아래에서 위로 솟구치는 성검에 의해 최후를 맞이하고 말았다.

"웃차."

죽어 쓰러지는 오우거의 시체를 소리 나지 않게 내려놓고 이델은 좌우를 살폈다.

다행히 별 인기척은 느껴지지 않았다.

"좋아."

이델은 바로 울타리를 확인했다. 울타리에는 전격 마법으로 발생한 전격이 흐르고 있었다.

"섣불리 건드리면 알람 마법이 작동하게끔 되어 있나. 그럼 먼저 이 시스템의 중추부터 제거해야겠군."

이델은 곧바로 에어 워크를 이용해 간단히 울타리를 뛰어넘었다.

울타리를 넘어 경계병들을 제거하면서 이델은 우선 마법

진이 있는 곳으로 향했다. 마법진이 있는 곳에는 마법진을 운용하기 위한 마법사가 한 명 있고 호위 병력으로 오우거 병사 둘이 있었다.

'여기서부터는 좀 과격하게 가야겠어.'

아직 마법을 쓸 차례는 아니었다. 접근하려면 약 20여 미터를 이동해야 하는데 그사이에 걸릴 게 분명했다.

이 경우엔 아예 접근과 동시에 공격을 하는 편이 나았다.

'조금 있으면 그게 시작될 테니 그 타이밍에 일을 치르는 게 좋겠군.'

이델은 결정을 내리고 움직였다.

탓. 타닷!

한 건물의 옥상 위로 올라간 이델은 잠시 시간을 재며 기다렸다. 한 몇 분이 흘렀을까.

감았던 눈을 뜬 이델은 허공을 향해 힘껏 도약했다. 순식간에 30여 미터 상공 위로 올라간 그는 잠시 아래를 보고는 그대로 낙하하였다.

"다이빙 드라이브!"

하늘빛으로 뒤덮여 이델이 내려가는 바로 그 순간, 도시 곳곳에 이변이 생겼다.

쾅! 콰쾅!

폭발과 함께 화염이 하늘 높게 치솟는다. 이 폭발이 발생한 지점은 전부 마족들이 잠자는 숙소였다.

폭발은 아까의 소인족 대원들이 한 일이었다.

이 타이밍에 이델은 지상과 충돌했다. 순간 굉음과 함께 파편들이 엄청난 광풍과 함께 사방으로 퍼졌다.

마법진은 지면이 박살 나면서 완전히 붕괴되었고 마법진 위에 있던 마법사를 포함한 호위병들은 그야말로 핏덩이가 되어 대지 위로 뿌려졌다.

이러한 파괴를 만든 당사자는 충돌과 동시에 몸을 날려 멀찍이 떨어진 곳에 착지해 있었다.

"무슨 일이야."

"어서 서둘러라."

다이빙 드라이브로 일어난 소동에 주변에 있던 마족 병사들이 우르르 몰려들었다.

이를 그냥 보고 있을 이델이 아니었다.

"우선은 이것부터다. 파이어 레인!"

이델은 몰려오는 적들의 머리 위로 화염의 비가 쏟아지게끔 했다.

갑작스런 마법 공격에 적들은 우왕좌왕했다. 그러나 여기서 끝이 아니었다.

"썬더 스톰! 블리자드! 아케인 캐논!"

이델은 마력을 있는 대로 사용하며 마법을 난사했다. 연달아 폭발과 섬광이 수용소 한쪽을 뒤덮었다.

"크오오오!"

"호오, 마법을 그렇게 얻어맞고도 덤빌 수 있는 힘이 남았나."

다른 마족과 달리 튼튼해서 그런지, 강력한 마법에 휩쓸렸어도 오우거 병사들은 살아남아 괴성을 지르면서 이델에게 달려들었다.

이들을 상대하기 위해 이델은 일전 크노로스와의 대전에서 새로 익힌 기술인 뇌공검을 전개했다.

마력과 오러의 결합으로 한층 강화된 뇌공검을 한 번 수평으로 길게 휘두르자 마치 채찍처럼 검이 길어져 나갔다. 오우거들은 날아드는 뇌격을 담은 오러를 막고자 했지만 평범한 무기와 갑옷으로는 불가능했다.

단 일격으로 달려들던 십여 마리의 오우거를 격살한 이델은 뇌공검의 위력에 만족해했다.

이제 수용소를 지키던 마족들은 일소했다.

이델은 바로 가장 가까운 건물로 갔다. 건물의 문짝에는 두꺼운 자물쇠가 잠겨 있었다.

"이까짓 것."

이델은 볼 것도 없이 오러로 그것을 절단하고 문을 활짝 열며 안으로 들어갔다.

처음엔 깜깜한 어둠 때문에 잘 볼 수 없었지만 점차 눈이 어둠에 익숙해지면서 내부를 살필 수가 있었다. 약 100명 정도 되는 드워프가 꽉 끼다시피 한 상태에서 모여 있는 것이 보였다.

모두 초췌한 몰골에 피골이 상접해 있었다.

"당신은… 누구십니까."

나이가 많아 보이는 한 드워프가 조심스럽게 말을 걸어왔다. 이에 이델은 부드러운 목소리로 말을 전했다.

"전 여러분을 구하러 온 사람입니다."

그 말에 겁에 질려 있던 드워프들은 크게 술렁였다.

"우리를 구하러 왔대."

"누가?"

"다른 마족들이 우리를 데리러 온 건가."

약 200년이 넘게 이곳에 갇혀 마족들을 위해 일만 해온 이들은 느닷없이 자신들을 구해주겠다는 말 자체를 쉽게 받아들이지 못했다.

그 모습을 살짝 안타깝게 보며 이델은 다시 한 번 말했다.

"여러분을 구하러 온 우리는 마족들과 싸우기 위해 일어난 인간족과 빛의 종족들로 구성된 저항군입니다. 우리 중에는 여러분과 같은 드워프 종족들도 있습니다."

"우리와 같은 드워프라고?"

"그럴 리가. 어떻게 마족과 싸우는 드워프가 있어."

"우릴 속이려는 게 아닐까."

여전히 드워프들은 이델을 믿지 못했다. 허나 맨 처음 말을 꺼냈던 드워프는 달랐다.

늙은 드워프는 떨리는 음색으로 말을 하였다.

"정말 우리를 구하러 오셨소."

"그렇습니다."

"마족들과 싸우는 게 맞습니까."

"예!"

"허, 허허. 운명의 신이시여, 감사합니다."

늙은 드워프는 진심으로 감격하며 눈물을 보였다. 그러다 문득 입을 열었다.

"그런데 당신은 대체 누구십니까. 어떻게 혼자서 이곳에 들어오신 겁니까."

"그건……."

이델은 잠시 말을 머뭇거렸다. 그러나 이내 마음이 굳힌 듯 천천히 입을 열었다.

"저는 용사입니다. 제 목표는 간악한 마족들로부터 이 도시를 해방시키는 것입니다."

＊　　　＊　　　＊

같은 시간, 이올라가 이끄는 병력들은 정면의 입구를 향해 조심스럽게 이동을 하고 있었다.

"순찰대다."

"오크 둘, 홉고블린 둘입니다."

"좋아. 화살로 저격한다."

들릴 듯 말듯한 목소리로 대화를 마친 이들은 점차 다가오는 마족들을 기다렸다.

팽팽해진 시위에서 순간 화살들이 떠났다.

나무 사이를 거리낌 없이 가로지른 화살들은 어둠 속에서 정확하게 상대의 목줄기를 관통했다.

"끄어어."

목에 화살을 맞고도 살아남은 녀석이 떨리는 손을 움직여 마법 신호를 보내는 도구를 작동시키려 했다. 허나 이때, 나무 위에서 캐넌이 떨어지듯 내려와 날카로운 손톱으로 숨통을 완전히 끊어놓았다.

"수고했어."

"응."

이올라의 칭찬에 캐넌은 해맑게 웃으며 대답하곤 손에 묻은 피를 혀로 날름 핥았다.

이런 식으로 도시 밖을 순찰하던 마족 경계병들은 50명 단

위로 편성된 소부대의 공격에 모두 죽어나갔다. 그렇게 도시 바로 아래까지 도착할 수 있게 되었다.

화르륵.

"화광이 보입니다, 이올라 경."

카디악 내부에서 일이 시작된 것을 확인한 이올라는 앉은 곳에서 몸을 일으켰다.

이올라는 뒤쪽에 있는 바이슨에게 말을 전달했다.

"그럼 뒤를 부탁드리겠습니다."

"걱정 말고 내게 맡기게."

바이슨과 그가 이끄는 300여 명의 병사는 이곳 유일한 탈출로를 막고 적이 빠져나갈 수 없게 하는 역할을 맡았다.

이올라는 곧 나머지 병력을 이끌고 도시 입구 쪽으로 진격해 갔다.

"적이다!"

"어서 출입구를 봉쇄해!"

도시 안쪽에서 벌어진 일에 정신이 팔려 바깥의 동향을 살피는 것을 소홀히 한 경비 탑의 병사들은 급하게 출입구를 봉쇄하려 했다.

예전에 단단한 아다만티움 합금으로 만든 철문이 자리했던 카디악의 입구는 이제 보통 철문으로 차단되도록 바뀌었다.

보통 철문이라 해도 오러 유저의 전력을 다한 공격이나 대마법사의 강력한 파괴 마법을 한두 번 정도 견딜 내구성을 가지고 있기에 일단 닫히면 곤란했다.

해서 투입된 게 날개를 가진 수인족, 조인족 대원들이었다.

"죽어랏!"

빠르게 하강한 조인족 전사들은 끝이 완만하게 굽은 칼로 거침없이 탑과 성벽 위의 마족들을 베어냈다.

마찬가지로 비행이 가능한 가고일이 있었다면 날 수 있는 이들에게 대항할 수 있었겠지만 불운하게도 성벽을 지키는 마족 중엔 가고일 병사는 없었다.

몇몇 마족은 급하게 화살을 쏴 날아서 오는 조인족 대원들을 공격하기도 했다. 그러나 경황없이 쏜 화살에 맞을 만큼 어리숙한 자는 아무도 없었다.

끼이익.

반쯤 내려온 성문은 성벽을 점령한 조인족 전사의 손에 의해 멈춰 섰다.

"가자!"

"와아아아!"

함성을 지르며 대원들은 도시 안으로 물밀듯이 들어갔다.

그 선두에는 이올라가 있었는데 그녀는 우선 도시의 지배자가 있는 관청으로 향했다.

"이 하등 종족들이!"

"한 걸음도 못 나아간다."

폭발로 인해 수백의 사상자가 나온 상황에서 마족 병사 중 일부는 그나마 좀 빠르게 대처해 이올라 앞을 가로막았다.

반수 가까이가 오우거라 그런지 적은 숫자임에도 앞이 꽉 가로막힌 느낌이었다.

"비키지 않으면 베겠다."

"건방지구나, 인간 계집!"

쿵쾅쿵쾅!

요란한 소리를 내며 오우거 병사 중 하나가 무지막지하게 이올라를 향해 돌격을 해왔다.

이올라는 가볍게 몸을 날려 거리를 좁혔다.

"죽엇!"

거대한 도끼가 이올라를 향해 빠르게 떨어졌다. 하지만 그 것은 헛손질로 끝나고 말았다. 어느 틈엔가 이올라는 반대편 으로 이동해 있었다.

이올라의 대검이 가볍게 움직인다. 그 순간 오우거의 몸에 서 피가 솟구쳤다.

쿠웅.

손쉽게 자신보다 큰 오우거를 해치운 이올라는 대검을 들 고 앞으로 나아갔다.

"크윽! 쫄 것 없다. 그래 봐야 인간 계집이다."

"우어어어!"

다수의 오우거들이 동시에 이올라를 덮치려 했다.

"스톰 디바이드."

녹색의 섬광이 무수히 날아가 오우거들의 몸을 유린한다. 오우거들이 쓰러지고 나자 이올라의 앞으로 길이 만들어졌다.

"우오오오!"

"역시 대단하셔!"

이올라의 전투를 본 대원들의 사기는 한순간 몇 배로 치솟았다.

대검을 묻은 피를 가볍게 털고는 이올라는 다시 앞으로 나아갔다.


"흐아압!"

기합과 함께 오우거가 형편없이 날아가 한 건물에 처박혔다.

굉장한 힘을 가진 오우거를 이렇게 날려 보낼 수 있는 건 오직 하나, 거인족 전사뿐이었다.

"자! 덤벼라!"

오우거의 피로 인해 피범벅이가 된 하프만이 고함을 내지

르자 오우거들은 기가 죽어 뒷걸음질을 쳤다. 하지만 그들이 물러난 곳에는 이미 누군가가 있었다.

"어딜 도망가려고."

거인족 여전사인 알레나는 무지막한 힘으로 도끼를 휘둘러 오우거들을 죄다 쳐 죽였다.

그러고도 분이 안 풀리는지 땅에 널브러진 시체를 발로 꽉꽉 짓밟았다.

"좀 진정해."

보다 못한 하프만이 만류하자 알레나는 그제야 하던 행동을 멈췄다.

지금 이곳에는 수십 명의 거인이 본래의 모습으로 돌아와 싸우고 있었다.

"으윽."

한 거인이 피를 뿌리며 엉덩방아를 찧었다.

그 기회를 놓칠 새라 오우거들이 달려들어 그의 몸을 찢고 찔렀다.

"이노오옴들!"

노호를 내지르며 하프만은 걸리적거리는 건물을 부수고 그쪽으로 곧장 달려갔다.

먼저 킥으로 한 마리를 날려 버리고 도끼를 옆으로 휘둘렀다. 그는 몸에 올라탔던 놈을 찍어 옆의 건물에 처박는 괴력을 보여주었다. 그것도 모자랐는지 마지막으로 근처에 있던 오우거의 머리를 맨손으로 잡아 누르기 시작했다. 그의 강력한 힘에 의해 오우거의 탄탄한 머리통은 잘 익은 수박마냥 으깨져 버렸다.

그렇게 적들을 처리한 하프만은 부상 입은 거인을 일으켜 세우며 염려하는 말을 하였다.

"괜찮은가."

"으, 네……."

"아무래도 상처가 큰 것 같네. 자네는 그만 후방으로 물러나게."

"아닙니다. 아직 더 싸울 수 있습니다."

부상에도 불구하고 고집을 피우는 동족을 보며 하프만은 엄히 말했다.

"어허! 그런 부상으로 계속 싸운다면 자네 목숨은 이번 싸움에서 장담할 수 없을 것이야. 한 명이라도 더 훌륭한 전사가 필요한데 그런 뼈아픈 손실은 입을 수 없어."

"크, 알겠습니다."

하프만의 말에 고개를 숙인 거인은 다친 몸을 이끌고 도시 밖으로 나갔다.

"이야아압!"

그사이에도 적들은 계속 늘어나 알레나와 다른 거인들을

힘들게 하고 있었다.

그 모습을 본 하프만은 혼잣말로 중얼거렸다.

"아직 준비가 되지 않은 것인가, 이델 군."

먼저 도시에 잠입해 드워프들을 구출하는 임무를 맡은 이델에게는 다음으로 중요하게 해야 할 일이 있었다.

이델이 그 일을 무사히 마쳐줘야 지금 이곳의 싸움이 한결 수월해질 터였다.

"해치워 주마, 거인!"

다른 오우거와는 갑옷부터가 다른 오우거가 하프만을 향해 달려오고 있었다.

그것을 본 하프만은 다시 한 번 투지를 불태우며 도끼를 쳐들었다.

*　　　*　　　*

철커덩.

"자자, 어서들 나오세요. 여러분, 모두 이제 자유입니다."

이델의 말에 건물 안에서 드워프들이 엉거주춤한 모습으로 밖으로 나왔다.

드디어 건물에 갇혀 있던 1만 2천의 드워프가 밖으로 나왔다. 지금까지 그들을 구속했던 단단한 수갑도 이미 풀어진 상태였다.

"용사님 만세!"

"만세!"

이델이 전설 속에 나오는 용사라는 사실을 안 드워프들은 열렬한 반응을 보였다.

해방감에 도취된 그들을 보며 이델은 슬슬 말을 꺼낼 때가 왔음을 알게 되었다.

"여러분! 잠깐만 제 말을 들어주십시오."

이델이 한마디 하자 순간 주변이 조용해졌다.

용사라는 이름이 드워프들을 장악할 수 있는 힘이 된 것이었다.

"지금 저곳에서 저의 동료들이 이곳을 지배하던 마족들과 싸우고 있습니다."

"우리를 구하기 위해서 온 것입니까?"

"맞습니다. 하지만 우리 힘만으로는 그들을 상대하는 게 힘듭니다. 해서 여러분께 도움을 구하고 싶습니다."

이델의 이 말에 드워프들은 크게 술렁였다.

이때, 맨 처음 이델이 용사라는 사실을 알았던 늙은 드워프가 질문을 했다.

"어떤 식으로 도움을 드리면 되겠습니까. 뭐든 말씀만 하십시오."

"저희와 함께 싸워주세요."

이델의 이 한마디에 드워프들은 침묵했다.

싸운다. 이것은 지금껏 노예로 살아온 이곳 드워프들에겐 두렵기만 한 일이었던 것이다.

'역시 예상한 대로군.'

오랜 시간 노예로 살아온 이들이 쉽게 싸울 용기를 내리라곤 생각도 안 했다.

이델은 어떻게든 말로 드워프들을 구슬려 싸우게끔 하기 위해 입을 열려 했다.

이때! 군중 속에서 누군가의 외침이 들려왔다.

"싸웁시다!"

그 외침에 드워프들은 각각 다양한 반응을 보였다. 그런데 여기서 또 다른 드워프가 외쳤다.

"그 말이 옳다! 도움만 기다려선 진정한 자유를 쟁취할 수 없다. 우리도 함께 싸워 우리의 자유를 찾자!"

"나도 찬성이오!"

"나도!"

여기저기서 호응하는 말이 빗발치듯 터져 나왔다.

비록 긴 세월 노예로 살아왔지만 본래 대지의 자식이며 뛰어난 전사 종족이었던 드워프의 피가 이들을 자극한 것이다.

이러한 모습을 본 이델은 감탄을 금치 못했다.

‘이렇게 뜨거운 반응을 보여줄 줄이야. 하아, 우리 종족도 이럴 수 있다면 얼마나 좋을까.’

비교적 내려온 세대가 짧아 아직 드워프다운 모습을 보이는 이곳 드워프들을 보니 이미 쇠락한 인간족이 안타깝게 느껴졌다.

어쨌든 이렇게 싸워준다고 했으니 이제 이끌고 가기만 하면 되었다.

“자! 날 따라오세요.”

“오오!”

이델이 앞장서자 드워프들은 구름처럼 뒤를 따랐다.

이들이 향한 곳은 드워프들이 생산한 무기들이 있는 창고였다.

“어서 오게.”

“파피오 님.”

먼저 와 주변을 정리한 파피오와 인사를 나눈 이델은 곧장 창고 문을 개방했다.

창고 안에는 각지에 보내지기로 되어 있던 무기들이 즐비했다.

“자, 순서대로 무기를 챙기십시오.”

이델과 파피오는 드워프들을 챙겨 그들이 무기와 갑옷을 챙기게끔 했다.

얼마쯤 지났을까. 힘없던 드워프 노예들은 새롭게 드워프 종족의 전사들로 탈바꿈되게 되었다.

"오오, 왠지 피가 끓는 것 같군."

"내가 만든 무기를 내가 쓰게 될 줄이야. 허허, 꿈에도 생각 못했던 일이야."

드워프들은 무기를 들고 정렬했다.

그들 앞에서 이델은 성검을 찬란하게 뽑아 들었다.

"이제 여러분은 저와 함께 싸우게 될 것입니다. 분명 희생이 뒤따를 것입니다. 하지만 끝까지 용기를 내 싸워주신다면 반드시 여러분을 자유롭게 해드릴 겁니다."

"우와아아!"

"용사님만 믿겠습니다."

드워프 전사들은 무기를 치켜들며 투지를 불살랐다. 보는 것만으로도 든든해지는 모습이었다.

이델은 하늘빛 오러를 전개해 창공검을 만들어내며 뒤로 돌았다.

"갑시다."

이델의 말에 드워프 전사들은 일제히 걸음을 앞으로 내딛었다.

1만 2천의 드워프 전사들은 이델과 파피오를 따라 전장에 뛰어들었다.

이것을 본 마족 병사들은 심히 당황했다.

"어떻게 노예들이 탈출한 거지?"

"제길, 저놈들 무기를 들었잖아."

마족 병사들 중 지휘관으로 보이는 오우거가 대뜸 걸어오는 드워프 전사들을 보며 소리쳤다.

"이 땅강아지들이 감히 주제도 모르고 날뛰는 것이냐. 어서 무기를 버리고 무릎 꿇지 않는다면 모두 죽여 버리겠다."

"……."

상대의 위협에도 불구하고 드워프 전사들은 결연한 얼굴로 계속 걸음을 옮겼다.

이 모습을 본 자들은 본능적으로 뭔가 이상하다는 것을 감지했다. 허나 조금 전에 드워프 전사들을 윽박지른 오우거는 이상한 점을 전혀 느끼지 못하고 다시 한 번 호통 쳤다.

"이것들이 그래도 말을 안 들어? 오냐! 내 친히 네놈들을 짓이겨 주마."

오우거는 엄청나게 큰 해머를 들고 줄을 지어 다가오는 드워프 전사들을 향해 성큼성큼 발을 옮겼다.

이때였다. 드워프들은 좌우로 갈라지며 길을 열었다. 그 열려진 길을 통해 앞으로 나온 것은 바로 이델이었다.

"어이, 오우거."

이델은 마족어로 상대를 불렀다.

오우거는 입술 한쪽을 틀어 올리며 이델을 향해 되묻는 식
으로 말을 했다.

"지금 날 부른 것이냐."

"그래. 우둔하고 멍청하게 생긴 너 말이다."

"뭐, 뭣?"

이델의 말에 오우거는 당장이라도 화를 폭발시킬 것 같은
표정을 지어냈다.

그것을 본 이델은 피식 웃었다.

"표정 한번 볼 만하군."

"감, 감히! 인간 주제에."

결국 폭발한 오우거는 해머를 이델의 머리를 향해 휘둘렀
다.

쾅!

날아든 해머는 중간에 막혔다. 그런데 막은 것은 이델이 아
니었다.

"흐으으읍!"

"이 정도쯤이야."

두꺼운 금속 방패를 든 두 명의 드워프는 혼신의 힘을 다해
중간에 저지한 해머를 밀쳐내려 했다.

그 모습을 본 오우거는 놀라 소리쳤다.

"내 공격을 땅강아지가 막아대다니……!"

"이들을 그렇게 부르지 마라. 이들에겐 드워프라는 이름이 있다."

"너……!"

이델은 자신을 흉악하게 노려보는 오우거를 향해 성검을 힘껏 찔러 넣었다.

"컥, 커억."

"더 이상 너희에게 지배당하지 않을 것이다. 이들, 그리고 앞으로 모든 자들이."

나직이 말을 하곤 이델은 성검을 빼내었다.

그 모습은 곧 뒤에 있던 드워프 전사들의 사기를 끌어 올렸다.

"싸우자!"

"으랴챠!"

사기 충만해진 드워프 전사들이 마족 병사들에게 육탄 돌격을 실시했다. 생각보다 강한 이들의 공격에 마족 병사들은 피를 뿌리며 쓰러져 갔다.

"마족들을 전부 이곳에서 몰아내자."

"우오오오!"

드워프 전사들의 진격은 그야말로 막힘없이 이뤄져 갔다.

"2단계도 완료군."

이젠 굳이 옆에서 그들의 용기를 이끌어내지 않아도 될 것 같다.

드워프 전사들이 싸우는 모습을 지켜보던 이델은 서둘러 이동했다. 드워프 전사들이 가세해 이제는 한숨 돌렸지만 그전까지 수적으로 매우 불리한 싸움을 하느라 지쳐 있을 본대를 지원하러 가기로 한 것이다.

"비켜라, 비켜!"

앞을 가로막는 마족들을 거침없이 베며 이델은 빠르게 거리를 질주했다.


                    *        *        *


전투는 사전에 준비한 대로 흘러갔다.

드워프 전사들이 가세하면서 수적으로도 우세가 된 저항군은 반 이하로 줄어든 마족 병사들을 압박하였다.

이를 견디지 못하고 상당수는 도시 밖으로 탈출을 시도했다.

"온다, 온다!"

로위나는 도시 밖으로 뛰쳐나오는 마족 병사들을 보곤 기쁨을 감추지 못했다.

그녀를 필두로 수십 명의 마법사는 밖으로 나오는 적을 향해 마법을 난사했다.

콰콰콰쾅!

연달아 폭발이 일어나면서 마족들이 쓰러져 갔다.

"쏴라!"

궁수대도 뒤를 이어 공격을 개시했다.

엘프 궁수들의 정확한 사격은 오우거들에게도 급소인 목젖과 두 눈, 그리고 벌어진 입안을 노렸다. 그 공격들은 대부분 적중했고 수십의 오우거가 쓰러져 갔다.

이런 식으로 숫자를 대폭 줄인 상황에서, 바이슨이 이끄는 전사들이 남은 적들을 향해 달려들었다.

"싸우전드 소드."

바이슨은 자신의 오러 스킬을 펼쳤다. 무수한 찌르기 동작에서 비롯된 오러의 칼날이 부상 입은 오우거들의 몸을 무참히 난자했다.

"크워!"

몇몇이 저항을 하고자 발버둥을 쳤다.

"어림없다!"

휘둘러지는 팔을 간단히 피하면서 검을 휘둘러 방금 전의 팔을 잘라낸 바이슨은 2격으로 오우거의 숨통을 끊었다.

다른 전사들도 조를 짜 오우거들을 상대했다.

푸욱!

"크어어어!"

"제길, 아직 숨통이 붙었다. 좀 더 깊숙이 찔러야 돼."

"으얍!"

보통 창보다 긴 대 오우거용 창을 쥔 병사들은 힘껏 창대를 앞으로 밀었다. 그러자 오우거의 눈빛이 꺼져갔고 움직임이 멈췄다.

─이렇게 많은 시체라면 다시 군대를 만들 수 있겠군.

싸움에 참여하지 않은 로스틴은 가진 마력을 모두 쏟아 죽은 오우거의 시체를 좀비로 만들었다.

굳이 전투에도 참가하지 않고 이렇게 좀비를 계속해 만드는 것은 그의 생각에서 비롯된 행동이 아니었다. 어디까지나 이것도 앞으로 펼쳐야 할 작전을 위한 준비였다.

바깥이 이렇게 끝날 쯤, 도시 안도 상황이 거의 정리되고 있었다.

"계집 따위가!"

부웅!

풍압이 이올라의 은빛 머리를 흩날리게 하였다.

이 도시를 책임졌던 장군 타라파는 마지막으로 혼자 남은 상황에서도 저항을 멈추지 않았다.

"날 죽이려면 네놈들 100명의 목숨은 내놔야 할 거다."

고성을 내지르는 타라파의 발밑에는 그에게 희생된 대원들의 시체가 몇 구 있었다.

오러 유저는 아니지만 아주 뛰어난 전사이고 또 보통 오우거보다도 1.5배 큰 타라파는 정말로 쉽지 않은 상대였다. 허나 그럼에도 이올라는 물러나지 않고 맞서 싸웠다.

"스톰 디바이드."

오러의 참격들이 타라파를 노렸다.

보통 방법으로 막기 어려운 이 공격을 타라파는 자신의 무기인 곤봉을 회전시켜 막아냈다.

특별히 미스릴과 마법 금속으로 만든 그의 무기는 어지간한 마법검 이상의 능력을 가진 특별한 무기였다. 그랬기에 오러와 정면으로 충돌해도 끄떡없었다.

"흐하압!"

공격을 막은 타라파는 강하게 아래로 곤봉을 휘둘렀다. 이를 피해 옆으로 이올라가 움직이자 그는 바로 곤봉을 옆으로 움직였다.

콰드드득.

지면이 파이면서 곤봉이 다가오자 이올라는 대검을 앞세워 그것을 막았다.

직접적인 타격을 막아내는 순간, 뒤쪽으로 충격이 전해져 기둥 하나가 와르르 무너져 내렸다.

"완전 괴물이군."

"이올라 님."

뒤에서 상황을 지켜봐야만 하는 이들은 안타까움만 자아냈다. 특히 캐넌은 시종일관 불안함을 감추지 못했다.

"언니……"

"걱정하지 마."

갑자기 자신의 머리를 매만지며 안심시키는 목소리가 들리자 캐넌은 놀라 옆을 보았다.

그곳엔 이델이 서 있었다.

다른 곳은 이미 상황이 거의 끝났는데 유일하게 이곳만 아직 전투 소음을 들리고 있어 와본 것이었다.

"이델!"

"무사해서 다행이다."

이델은 캐넌의 머리를 쓰다듬으며 말했다.

이런 쓰다듬을 잠시 행복하게 느끼던 캐넌은 곧 정신을 차리며 말했다.

"지금 이럴 때가 아니야. 언니가 위험한 것 같아. 어서 이델이 도와줘."

"음, 그럴 수는 없겠는걸."

"뭐?"

뜻밖의 대답에 캐넌은 당혹감을 감추지 못했다.

이델은 타라파와 싸우는 이올라를 응시하며 말했다.

"지금 이 싸움은 이올라의 싸움이야. 내가 함부로 낄 수 있는 싸움이 아닌 거지."

"하지만 그러다 언니가 잘못되면 어떻게 해."

"그럴 리가 있겠어. 이올라가 얼마나 강한지 너도 잘 알고
있잖아."

"그거야 그렇지만… 저 오우거 녀석, 굉장히 강해 보이는
걸."

그 말에 이델은 타라파를 힐끔 보았다.

"으흠. 오우거 중에서도 특별한 놈인 것 같긴 하네. 하지만
이올라의 상대는 안 돼."

"정말이야?"

"그럼."

이델은 씩 웃으며 확답하듯 말하였다.

콰앙!

그사이, 근처 건물의 벽이 타라파에 의해 무너져 내렸다.

"크워아아아!"

반쯤 이성을 잃은 분노한 타라파는 연이어 곤봉을 휘둘러
좌우로 빠르게 움직이는 이올라를 공격했다.

위협적인 공격이 지척에 떨어졌지만 이올라는 동요하지
않고 자신의 오러를 갈무리하며 준비를 하고 있었다.

"크아아!"

또 한 번 거친 일격이 내려쳐지면서 흙먼지가 무성하게 일

어났다.

바로 여기서 이올라는 일발필중의 일격을 날릴 준비했다.

"스톰 브레이크."

녹색의 오러가 대검에 집중되었다.

이올라는 대검을 뒤로 젖히며 타라파를 향해 몸을 날렸다.

흙먼지를 뚫고 모습을 드러낸 이올라를 본 타라파는 곤봉을 들어 그녀의 머리를 짓눌러 버리려 했다. 허나 녹색으로 물든 대검이 앞으로 출수되는 게 먼저였다.

쉐애액!

바람을 가르며 대검은 정확히 타라파의 가슴을 베었다. 이때, 검에 집중된 오러가 바람처럼 방출되며 정면을 휩쓸었다. 이 일격은 갑옷을 산산조각 내고 강철처럼 단단히 피부를 찢고 또 찢어 깊숙한 상처를 만들어냈다.

"크아아아악!"

괴로움이 가득 찬 비명을 내지르며 타라파는 피를 뿜어냈다.

그 피는 비가 되어 아래로 떨어졌다. 이를 받으며 이올라는 등을 돌렸다.

쿠웅.

한껏 피를 뿜어낸 타라파의 육신이 뒤로 쓰러졌다.

잠시 이 모습을 경이로운 시선으로 보던 이들은 일제히 환

호성을 질렀다.

"이겼다!"

"오오오옷!"

캐넌 역시 기쁨을 감추지 못했다.

"꺅! 꺅! 언니가 이겼어! 우와!"

"으악! 이것 좀 놓고 기뻐하면 안 될까."

자신에게 매달린 캐넌을 손으로 밀치면서 이델은 고개를 돌려 걸어오는 이올라를 보았다.

'아주 훌륭한 싸움이었어.'

이델은 눈빛으로 이런 뜻을 전하였다. 그것을 이해한 것일까. 이올라는 미미하게 고개를 끄덕여 주었다.

마침내 반격 작전은 성공리에 끝이 났다.

이것은 용사로서 이델이 처음으로 나서서 얻은 값진 승리였다.

<br>

\*        \*        \*

<br>

불과 어제까지만 해도 오우거 로드 우룰가의 영토였던 카디악은 이제 완전한 자유 지구가 되었다.

"와하하하!"

"자자, 마시자고."

마족들이 먹기 위해 가져다 놓은 술과 음식을 먹으며 시온에서 온 대원들과 이곳에서 노예 생활을 했던 드워프들은 한데 어울려 승리의 기쁨을 나누었다.

"다들 좋아하니 다행이군."

"예, 그래요."

이델과 이올라는 한자리에 앉아 기뻐하며 춤까지 추는 이들을 보았다.

오늘 하루쯤은 마음껏 기뻐해도 좋지 않을까.

이델은 술잔을 기울이며 그리 생각했다.

"그나저나 바이슨 경이 안 보이네."

"좀 더 할 일이 남았다고 아까 말하던데요."

"아, 그래."

전투가 끝났어도 할 일은 많았다. 바이슨은 기쁨에 취하는 것보다 먼저 일을 하는 것을 선택한 것이었다.

"오늘 하루쯤은 쉬어도 될 텐데."

"잃어버린 동료에 대한 슬픔을 잊기 위한 바이슨 경 나름의 방식이에요. 이해해 주는 게 좋아요."

"그런가."

이번 싸움으로 5,000에 달하는 마족을 전부 전멸시켰다. 거의 완벽한 승리였지만 그럼에도 희생자는 나올 수밖에 없었다.

시온의 병력 중 전사자가 약 100여 명이고 부상자가 200명 정도 나왔다. 그리고 후에 합류해 싸운 드워프 중에서도 수백 명이 넘는 사상자가 나왔다.

　이들을 생각하면 가슴이 아픈 건 이델도 마찬가지였다.

　"그들이 바친 목숨, 그것이 헛되지 않게 해야겠지."

　"네, 맞아요."

　이델은 갑자기 술잔을 내려놓고 벌떡 일어났다. 그리고는 이올라에게 손을 뻗었다.

　이를 본 이올라는 고개를 들며 말을 했다.

　"뭐죠, 이건."

　"춤 한번 추지 않겠어."

　"네?"

　"우중충한 마음을 잊기엔 춤이 최고야. 봐봐, 다들 춤을 추잖아."

　폭파 임무라는 중대한 임무를 맡았던 소인족들부터 노예 신분에서 벗어나 자유를 드워프들까지 서로 어울려 춤을 추고 있었다.

　이델의 춤 제안에 이올라는 잠시 망설였다. 하지만 이내 오른손을 이델에게 내밀었다.

　그것을 본 이델은 씩 웃으며 손을 마주잡았다. 그런 다음 힘을 줘 이올라를 일으켰다.

곧 두 사람은 춤을 추는 사람들 사이에 섞여 들어갔다.

비록 멋진 턱시도에 드레스를 입은 것이 아니고 지저분한 갑옷을 입었지만 나란히 선 두 사람의 모습은 무척이나 잘 어울렸다.

"그럼 한 곡 추실까요."

끄덕.

이올라는 대답 대신 고개를 살짝 끄덕였다.

곧 두 사람은 엘프들이 부는 피리 소리에 맞춰 춤을 추기 시작했다.

과거 시대에 용사로서 여럿 무도회에 나간 적이 있는 이델은 그 옛날의 기억을 더듬어 가며 이올라를 리드해 갔다.

두 손을 마주잡고 빙그르르 돌며 춤을 추는 가운데 이델은 말했다.

"앞으로 좀 더 안정된 삶이 찾아오면 이보다 근사한 곳에서 춤을 출 수 있을 것이란 생각을 해본 적 없어?"

"글쎄요."

"나중에 진짜 그럴 기회가 생기면 다시 한 번 나와 춤을 춰주지 않겠어."

"나중에 말인가요."

뜬금없는 말에 이올라는 이델의 눈을 마주보았다.

다시 한 번 몸을 팽그르르 돌리고 스텝을 밟으면서 이델은 눈웃음을 보였다.

"미래는 어떻게 될지 모르는 일이잖아. 마왕만 토벌한다고 당장 우리의 삶이 극적으로 바뀌지 않겠지만 그래도 난 지금보다 나은 삶을 살 수 있을 것이라고 믿어."

"그런가요."

이델의 말에 이올라는 살짝 고개를 숙였다.

두 사람은 살짝 떨어졌다가 다시 붙었다. 이때, 이델은 가볍게 이올라의 허리를 감쌌다.

허리가 젖혀진 상태에서 이올라는 이델을 올려다보며 말했다.

"만약… 그런 미래가 온다면 그럴게요."

"진짜야?"

"예…….'"

작아진 목소리로 이올라는 대답했다. 그 모습이 참으로 사랑스럽다고 이델은 느꼈다.

'나, 이 여자를 진심으로 좋아하는 모양이다.'

이델은 드디어 자신의 숨겨진 진심을 깨달았다.

이올라를 일으킨 뒤 다시 두 손을 맞잡고 춤을 추면서 이델은 오늘 순간을 잊지 않겠다고 다짐하고 또 다짐했다.


뜨거웠던 밤이 지나고 아침이 찾아왔다.

"하암!"

기지개를 펴며 이델은 누웠던 침낭에서 벗어나 몸을 일으켰다.

"끄으응! 어제 너무 무리했나."

전투 후 연회까지 치르느라 몸이 영 말이 아니었다.

가볍게 스트레칭으로 몸을 풀며 이델은 주변을 보았다.

"여차!"

"우리가 도와줌세."

벌써부터 일을 하는 저항군을 돕기 위해 드워프들이 달려가는 모습이 보였다.

새삼 흐뭇한 모습에 이델은 아침부터 미소를 지을 수 있었다.

"이델 경, 깨어났나."

"아, 바이슨 경."

아침이지만 완전무장한 바이슨 경을 보니 정신이 확 깨었다.

이제부터 새로운 작전이 시작될 것을 상기해 낸 것이었다.

"작전 회의입니까."

"이올라 경은 이미 와서 기다리고 있네."

"알겠습니다. 저도 준비해서 바로 가죠."

"알겠네."

바이슨을 먼저 보내고 이델은 곧장 무장을 챙겼다. 그리고
는 도시 입구 쪽에 마련된 지휘 본부에 도착했다.

"그럼 이제부터 2단계 반격 작전에 대해 회의를 하죠."

"예."

"그럽시다."

첫 번째 반격 작전은 바로 이 도시 카디악을 점령하고 드워
프 노예들을 해방하는 것이었다. 이 작전이 성공하면 바로 준
비된 두 번째 작전을 실행할 수 있게끔 미리 계획을 세워두었
다.

두 번째 반격 작전은 바로 이곳 하넬타 대륙 중부를 지배하
는 로드인 우룰가를 제거하는 작전이었다.

『천년용사』 6권에 계속…

# 이제부터 전자책은

# 이젠북

# www.ezenbook.co.kr

❧ 새로운 세계가 열린다! ❧

한백림 『천잠비룡포』　　천중화 『그레이트 원』
좌백 『천마군림』　　　송진용 『몽검마도』
현대백수 『간웅』　　　김석진 『더블』
김정률 『아나크레온』　　백연 『생사결—영정호우』
임준후 『켈베로스』　　　예가음 『신병이기』
진산 『화분, 용의 나라』　남운 『개방학사』

**이름만 들어도 황홀할 정도의 별들의 향연!**

이들의 "유료연재"가 시작됩니다!

검색창에 **이젠북** 을 쳐보세요! ▼ 🔍

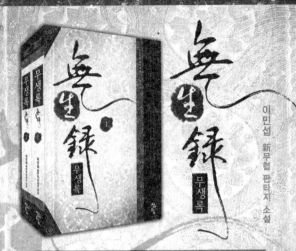

FUSION FANTASTIC STORY
천성민 장편 소설

# 짐승의 규칙

『무결도왕』 『다크로드 블리츠』
천성민 작가의 신간!

짐승의 규칙

살아야만 했다.
나를 위해 희생당한 부모님을 위해.
복수를 위해.

죽어야만 했다.
내가 살기 위해 타인의 목숨을.

그렇게……
나는 짐승이 되었다.

Book Publishing CHUNGEORAM

유형이 아닌 자유추구
WWW.chungeoram.com

FANTASY FRONTIER SPIRIT

이중민 판타지 장편 소설

# Mighty Warrior
## 영웅병사

복수를 다짐한 소년 병사.
붉은 제국을 향해 깃발을 세운다.

## 영웅병사

평온한 유년 시절을 보내던 비첼,
어느 날, 붉은 제국의 깃발 아래에 사랑하는 가족을 빼앗기고 만다.

"도끼… 도끼라면 다룰 줄 압니다."

병사가 되고자 참가한 전쟁에서 소년은 점점 영웅이 되어 간다!

쓰러져가는 아버지의 등을 억하며,
아직 어린 소년으로서 도끼를 들고 붉은 제국과 싸우 위해 일어선다.

제국과의 전쟁에 스스로 뛰어든 소년.
병사, 비첼 안세트!
이것이 영웅 탄생의 시작이다!